Tom McCarthy

撒丁岛

【英】汤姆·麦卡锡／著
陈以侃／译

Satin Island

上海译文出版社

外面，如同空间发出的一声呼喊，旅人听出哨声的苦。“大概，”他正说服自己，“我们正在通过一条隧道——**这个时代**——最后一条长隧道，它在城市底下蜿蜒而过，通往一个无所不能的火车站，那是一座未被玷污的中心宫殿，如同一个王冠。”

—— 马拉美[1]

1. Stephane Mallarme（1842—1898），法国象征主义诗人，散文家，其代表作为《牧神的午后》。

1

1.1 那块著名的裹尸布就在都灵；就是那块看得出受难之后耶稣圣体的布：他仰面躺着，两手相叠放在下体之上，双目紧闭，头上戴着荆棘王冠。在亚麻布上用肉眼是分辨不出这个形象的。十九世纪末，一个业余摄影师拍了张照片，这才第一次在底片上发现了那个人形：虽然黯淡得快要隐去，但还是确凿无疑。只在负像中显现：负负得正，这样算起来的话裹尸布本身就算是负的了。几十年之后用放射性碳检测，发现这块布最早也只能追溯到十三世纪中期；但信徒并不为此感到困扰。这样的事情从来都不是困扰。人们需要神话作傍依，需要公元〇年的一些痕迹，一个固定住整个脚手架的螺栓，而脚手架则支撑着整个建筑：这个建筑是现实，是时间，里面是记忆的房间，遗忘的地窖，隔开时代的墙，推着我们向前的走廊——不管前面是末日还是别的什么要降临。我们目之所及，都像是笼着一块什么布，都像是隔着一层纱，或是屏幕上盖了层马赛克。当那些无形的等离子渐渐有了形状和清晰度，如同在浑浊的水中朝我们靠近的鱼，或是暗房有毒的药水里隐约显现的图形，当它们汇聚成一个依稀可辨的模样，纵然所要传递的讯息依旧隐晦，我们可以喊出：**它出现了，那正在骚动**

的、隐约的形象，即使它实际上并没有出现，所能看到的也不过是墨迹而已。

1.2 几年前的一个晚上，我突然就被困在了都灵。不是在都灵城里，而是在机场：都灵—卡塞勒机场。很多人跟我是一样的处境——当时没有一个航班可以起飞。“等候通知”这几个字不断复制，有时是英语，有时是意大利语，在屏幕上砌成一栏又一栏。造成延误的是一架失控的飞机，可能是私家飞机之类的，似乎是循着某条特殊的航线在英格兰南部和英吉利海峡上方盘旋，对任何指示都置之不理。所以那片空域其他飞机都不得进入，而这个局面所造成的一系列换机、转票和改道，又往整个欧洲散布开一片“延误阴云”。于是我就和周围的人一样，坐在那里，在笔记本上检索着航班和机场的页面，希望能找到个什么解释——等我把所有页面都查看完毕之后，又浏览起新闻网站和社交平台，在巷议琐闻的回廊间兜兜转转，随意消磨着时间。

1.3 我就是在那时读了不少关于裹尸布的介绍。读够了之后我又开始研习“枢纽”。都灵—卡塞勒就是一个枢纽机场。机场的网站上有一个解释什么是枢纽机场的页面：它们最主要的功能是作为换乘点，自己一般不是目的地。网页上有张示意图，是个没有圈的轮子，长长短短的辐条都通向中心，所以这个轮盘上任意两点即使没有直接联系也能到达。因为全是往外扎出的尖刺，它看起来很像耶稣的王冠。一个链接把我送到了某个外部网站，向我解释了“枢纽”——也即是轮毂模型——在船运和计算机的分散式计算等多种领域都有应用。没过一会儿，我又学起了凸缘、飞轮和自行车构造中的轴承。这时候我点击了**自由枢纽**[1]。它把键槽——也就是与旋转的元素相咬合的形状——和棘轮机制都设计在车轴之中（在之前“非自由枢纽”的技术中，棘轮是在车轴之外的），而正是因为飞轮的短暂分离才让溜车时不用跟着踩脚踏板。

1.4 耳中似有若无地听着重复播放的录音讯息和报时，一台闲置老虎机的音乐，其他乘客聊天的片段，还有机场几处浓缩咖啡吧蒸汽喷管时不时发出的起伏的嘶嘶声，有一段与这背景音颇不协调的回忆浮现出来：我还小的时候骑着我的第二辆自行车溜下山坡。这不是一个具体的记忆，不是在怎样的一天我怎样地骑下了山，它更宽泛一些，可能两三年内数百次的下山之旅都融合到了一起。我之前的第一辆自行车有个脚刹，就是靠往后踩脚踏板激活的，而这辆装了手刹，往后踩踏板就是空转。我记得当时觉得这简直就是奇迹。朝前方行进的时候，脚下的曲轴居然能朝相反方向旋转，这不仅颠覆了我当时才刚建起的对运动的认知，也颠覆了我对时间的懵懂的领悟——似乎时间之中也交织着一股逆流，一直深入它的内核。每次我反向蹬着踏板向山下冲去，欣喜若狂之余，又会感到晕眩——带着一点点想要呕吐的恶心感。那种感觉当然说不上有多美妙。想起那种玩法——在这熙熙攘攘的机场里，在我的头脑和胸腹中——引发的古怪感受和当时一样，别扭、错位。

---

1. Freehub，日本禧玛诺公司注册的商标，是自行车花鼓中的一种。

1.5 在我和我的屏幕周围，是更多的屏幕：笔记本、手机、电视。电视上字幕滚动，其中就提到了这次延误。字幕后面是新闻画面。一个屏幕上放着足球赛的集锦。另一个放着中东某个集市上卡车爆炸后的场面——歇斯底里、满身血污的人尖叫着跑来跑去，这类报道中总是这样的。其中一个男人朝着摄影机跑过来，眼睛正对着镜头，他身上的 T 恤图案是躺在狗屋烟囱上的史努比，空中飘着一个词：**完美**。然后镜头转向了某处石油泄漏的新闻，事情发生在当天早上或者前一天夜里：空中俯拍到近海那个出事的钻井平台，它周围一朵硕大的黑水之花正在盛开；从空中和陆上都拍到白色羽毛的海鸟，在原始的、无瑕的海滩上无所事事，浑然不知黑色的浪涛正朝它们逼近；而水下的机器人拍到了罪魁祸首，一条损坏的油管正把它运送的液体源源不断地喷涌进大海。

1.6 我的电话响了一下，在夹克里振动起来。我把它拿了出来，是一条短消息。佩曼发来的。佩曼是我老板。短消息说：我们赢了。其他什么也没说。两个小男孩从我身边跑过去，其中一个摔倒了；他的兄弟猛地停下，退了几步，笨手笨脚地把他拉起来；两人又一起跑开了。我又抬头看着那个放着球赛的电视屏幕。刚才看到的进球正在慢镜头回放。那个球的轨迹，它越过防守球员，又绕过守门员双手的弧线，球上六边形和五角星图案的回旋，还有入网之时本来工整的方块突然爆发出的涟漪——这一串画面和佩曼发给我的消息配合了起来：我们赢了。我看了眼屏幕上角的比分，想知道比赛的是哪两支球队。巴塞罗那对拜仁慕尼黑。我回了一条：谁赢了什么？**公司赢得了工程合同**，半分钟之后他回复。

这条我明白。**公司**就是我们的公司，佩曼的公司，也就是雇用了我的公司。**工程**是那个 Koob-Sassen **工程**；我们为了那份合同已经努力了很久。挺好，我回复。这次的回复来得更快一些：挺好？就这样？我琢磨了几秒钟，又回了一条：非常好。正发出的时候他的下一条又来了：你还是困在路上？我表示这个猜测是正确的。我也是，佩曼最后告知我；在维也纳。明天上午来找我一下。然后塔皮奥发来一条消息。塔皮奥是佩曼的心腹。**公司**拿下了 KSP 合同，那条消息说。紧跟着又接连收到两条消息，是另外两个同事，说的都是同一件事情。在我看到这两条消息之后，那场偶然看到的足球比赛似乎余波犹在；就好像那个兴奋地朝看台怒吼的拜仁前锋，他的喜悦不只是为了他的球队和球迷，也是为了我们；甚至那个穿着史努比 T 恤的男人，当他尖叫着冲向镜头的时候，他也在庆祝那个消息：他在为我们庆祝，虽然他背后是被摧毁的集市，和那些意料之中的烂铁和鲜血。

1.7 这时我的笔记本响了起来：有人想跟我视频通话。呼叫者的身份框里显示着：**圣女贞德**。这名号我知道：她是一位名叫麦迪逊的女士，我两个月前在布达佩斯认识的。我点击了接受。听得见吗？麦迪逊的声音问道。我说听得见。把你的摄像头打开，那个声音指挥我道。我照做了。麦迪逊的脸也同时出现。她问我在哪里。我告诉了她。她跟我说她也来过都灵—卡塞勒机场，2001 年的时候。你来做什么？我问她，但我的问题似乎半途丢失了；反正她没有回答。她反过来问我什么时候回伦敦。她的脸孔在我的屏幕上，像是从一块平静的水潭如小瀑布一般哗地流成下一块平静的水潭。我不知道，我说。我跟她聊天的时候打开了新闻页面。空域封锁只放在页面中间，和集市的卡车爆炸差不多在相同的位置，字体的大小也差不多。漏油的标题在它们上方，字体也稍微大些，还配了一连串照片，上面能看到拖船、满身是油的人在费力地操作缆扣和绞车、远处外缘变黑了的小岛、巨大的石油之花，等等。照片替换时编辑没有使用更突然的变化，而选择了一种“淡入淡出”的效果。前者有时会让人想起过去那种旋转式幻灯放映机。我只是觉得从美学上讲，这种效果更合适。

1.8　又是刚才的那两个男孩从我身边跑过。那个岁数更小一些的又滑倒了，一定是这排椅子周围的地板角度有问题——外加最近打了蜡。他的哥哥（这人应该是他哥哥）再次把他扶起来，两人又跑开了。麦迪逊又问我什么时候回去。她说她需要人种学关怀。怎么关怀？我问道，把她的窗口移到了新闻页面的上方。她正开始说，我缺少——但这时声音突然没了。她的脸也在话说到一半时被定格。嘴歪着，像是中风之后肌肉失控，马上会有口水淌下来；眼睛也翻了起来，瞳仁有一半藏到了眼睑里。她面前有个小圈在转动，示意正在缓冲。我的屏幕这样保持了很久，我只是盯着它看，等缓冲结束。但它没有：最后却是**通话结束**这四个字跳出来，脸和小圈都不见了。

1.9　我抬头，朝大厅里扫了几眼。那些不像我一样在手机、笔记本上仔细点击、拖动的人，正鉴赏着周围堆积起来的奢侈品。其中更值钱的都放在擦亮了的玻璃背后，而玻璃则会照出休息室里的其他表面，于是集市爆炸的后果重现在披巾的图案中，而石油则一遍遍流淌在手表的表盘上。这些不同元素的重叠，以及它们所造成的拼贴效果，始终都看得到——只不过随着时间推移，它们混合的比例发生了变化。奢侈品和它们的陈列盒没有变，这不用说——但一点一点地，足球集锦和卡车爆炸慢慢消失了，这些视频变短，频率也降低了；反而是原油泄漏在屏幕上获取的时间越来越久。显然是出了大事。到了午夜，之前在新闻页面上看到过的那些满身是油的人也出现在机场的屏幕上——但现在他们动了起来，设置漂浮栏障，试图阻挡、围拢由海水运送的石油，但看起来收效甚微，黑水分岔、转向，继续散播开去。这些人就像是骑着拖船的灰心丧气的牛仔，他们的黑色牲畜凭借质量和体积，已经叛乱，惊逃，不可控制。另外一些影像中只有饱含石油的海水，黑暗、滞重。它似乎在运动，似乎在喷涌、涨落，比寻常水的速度既快，也慢。那个进球已经退到只剩视线边缘体育吧台的一个电视机上，而那些黑水的镜头就似乎跟进球一样，是用一个高端的动态捕捉摄影器材拍摄的，每一帧、每一时刻都被放大、清晰化，把它从本来的流转中抽取出来，又同时把它放入这些影像中。我觉得这些运动让人着迷，一连几小时地盯着看，脑袋也跟着它们从一个屏幕转移到下一个屏幕。

1.10 坐在我旁边的一个男人注意到我看着这些画面出了神，终于试着要引我聊天。他朝屏幕的方向厌烦地撇了撇嘴，宣称这是一场悲剧。自然，这就是他用的词——**悲剧**，就像电视上的评论员。我仔细打量了一下他的穿戴。西装还穿着，但领带已经解下了，叠好，放在他身边一个带轮子的随身包上。他和我说话用的都是英语，但口音是“欧元区”口音：既不是法国人，也不是荷兰人、德国人，而是所有这些国家口音的混杂物，上面还敷了一层冒牌的学院派商科美语。我一开始没有回应他；过了一会儿，我开口说道：悲剧（tragedy）这个词起源于古希腊的一个传统，他们当时为了抵偿一个城市里犯下的罪孽，会把一只绵羊赶出城外。希腊语把公羊叫 tragos，这种仪式里通常用的是黑羊。他把头转回去对着屏幕，和我一起看了一会儿，就好像我们共同在做的这件事成了我们对话，甚至友谊的一部分。但我能觉察出来他有些不快，因为我的回答并不符合他的预期。几分钟之后，他站起来，抓住挂领带的把手，拖着行李走了。

1.11 而我还是坐在那里，一遍遍看着瘫痪的钻井平台开始倾斜，管道的裂口处不断喷涌，鸟儿东游西晃，石油之花展开了花瓣，黑色的水扩散、涨落。就像我之前说的，我一连好几个小时没有干别的事情，机场中的屏幕正巧没有这些画面的时候，我就在自己的两块屏幕上换着继续看。我看得全神贯注，直到很久之后，快到凌晨，空域解除封锁，广播里喊出了我的航班。但即使如此，我依然没有将那些画面抛下。飞机终于升空之后，我头贴着窗户睡着了，做了一个画质斑驳粗糙的梦，梦里机翼灯光照亮的云层中，那些石油又出现了：它似乎被云层吸收，潜伏于其中，让云朵膨胀；又似乎点点滴滴从云中渗出，悬在云层凸起的地方，逗留在褶缝和凹陷中，如同无数黑色的天使。

2

2.1　我吗？你可以叫我U。在这里写到Koob-Sassen工程，不管是做一番解释，还是给一个概况，或是别的什么，并非我的本意。当然有法律上的缘故：抽屉里那些合同上可是有条款的。而那些抽屉在我脑海中（这和我对整个工程的感受大概是相关的，总之这种感受和抽屉的材质越来越像）用的是某种光滑的后金属材料，比如说复合树脂，或者凯夫拉尔合成纤维，虽然它实际上可能只是用铝、木料或者中密度纤维板做的。合同中有保密协定，保护商业层面、政府层面，甚至更高层面的机密，禁止任何形式的泄漏和公开。而且不管怎么样，就算没有这些条款，你真的想知道吗？在我看来，依照寻常的标准，这个话题还挺无聊的。但也不要误会：这个工程非常重要。它会对你产生直接的影响；事实上，很可能你日常生活的任何一个领域它都会以某种方式触碰、深入、改变；虽然你自己可能并不会意识到。倒不是说它的影响会多隐秘，像这样的事情是不需要偷偷摸摸的。人们不会注意到是因为它无聊，而且复杂。Koob-Sassen牵涉到很多接榫、交叉和互换——从企业到个人，从国际到地方，从化工到数字，从开放到限制，从硬件到软件，还有些其他说不上来的方面。

这个工程由很多其他的工程构成，同时也连接到其他很多的工程中去——所以要说出它从哪里开始到哪里结束几乎是不可能的，也难以确指它的“内容”、体量和外缘到底是怎样的。即使如你所愿，我有本事将聚光灯（但最多也只能照出些轶闻来）指向 Koob-Sassen 早期的几个特定时刻，停留在公司运作与我微不足道的小活动交汇的某些篇章和片段上，但这样能显示出**全局**吗？我深表怀疑。

2.2 我是做什么的？我是个人类学家。亲属关系的结构，易货贸易、礼物交换等交易系统；潜伏在习惯和乏味背后的象征性运作：找到它们，把它们挖掘出来，把它们活蹦乱跳、挣扎求生的样子举到阳光下——我就靠这些养活自己。当这些事件（**事件**！如果你喜欢的是这类东西，那你就不用往下读了）发生时，我不会被派往遥远的雨林、干草原或冻原，去研究那里的采猎者和萨满，而是突然发现自己被派往去做某一门生意。而且派遣我的庄严号令不是由皇家人类学协会或者国立大学发出的，而正是我即将要调查的那个企业：我是一家咨询机构派往企业内部的人种志研究者。**公司**（我就这样称呼它好了）帮助其他公司将他们的产品和服务放到更大的语境中去，做出更精确细腻的表达。**公司**帮助城市建立或重新建立自己的品牌形象，替地区细化、架构复兴计划，指导政府如何叙述它们的政策——不仅仅是对媒体、对民众，或许更重要的是对他们自己。就像佩曼喜欢说的，我们做的生意叫“叙事”。

2.3 那时候，你走进公司在伦敦中心的办公地，经过时常更换却永远迷人的前台员工，一部电梯会载你上楼，上面有好几层的会议室、影音套间、工作室。这些房间都用从屋顶到地面的玻璃分隔，上面印着小写英文标识，用的都是公司自己特别的字体。这些办公隔间都彼此相连，所以一眼望去，都是草图、表格和其他数据形态，除了仰面躺在带弧度的桌面上、钉在墙上、画在白板上，有时干脆画在玻璃上（这似乎让这些数据更珍贵，甚至更脆弱），它们好像在用一种华丽而晦涩的语言交谈，整个场面让人觉得（这自然也是精心设计的）此处不仅是个办公的地方，还是一个玄奥之域，是个能吸纳多重世界的炼金之炉。而这载你上楼的同一部电梯，却把我往下送到了一个玻璃难觅、全是砖石和灰浆的地下室。我就在这里办公。

2.4 通风换气系统。这个话题本身就够写一本书。它不但深邃，里面还有隆隆的回声。处理空气的设备就放在地下室我办公的地方——它是一堆灰色的盒子，合在一起像是成了头机械大象，铁皮的空气输出管还向前方扬起如同大象的鼻子。盒子们的内部是盘管、风箱、调节风门、过滤器和其他部件，永恒的嗡鸣声弥漫在整个楼层中，这种声音高低还会发生变化，可能是绕过拐角、在墙上反弹，或是浸润地毯又被挤出的缘故。输出管穿出地下室之前不断分岔，连接着扩散器、隔栅、节气门把空气送到楼上去，而空气回收管又会把空气接回来，穿过中央充气增压室，一直接到大象的直肠，把空气再过滤、再加湿，重新百转千回之后，又可以被象鼻送到楼上去。有时候楼上的人正巧站在回风口，要是说话大声，会传到我的办公室，就像船长用通话管往发动机房发出指令——虽然这些命令的内容已经丢失在途中，成了一团呓语。噪声之中还有一些更模糊的噪音——或许不是噪音，但至少也有它们的规律，有波峰和波谷，有重复的频率，有节奏和尾音。有时候这种规律甚至会形成画面，就像十八世纪他们将盐粒洒在克拉德尼[1]的盘子上，用不同的声波刺激它，出现的那些精妙的图形曾让那时的科学家如此着迷——它们不但对称地构成几何形状，而且整体如此完美，似乎透漏了贯穿宇宙的某种结构，埋伏在自然的表面之下，直到此刻才显现出来；而我在这地下室里，有时看着杯中早已凉透的咖啡，或者凑近了欣赏脏桌子上灰尘蹦跳时似乎排练好的舞蹈，或者只是盯着眼睑垂下后的内壁，我觉得我看到了方案、公式、解答——不仅我手头上的困境迎刃而解，而且所有的**一切**，这乱七八糟的人世，都明晰起来——然后我猝然醒了过来，看它们在我眼前消失，就如同风中的盐。

2.5 从都灵回来之后，我补了几个小时的觉，冲了个澡，然后去了办公室。冬天要是放晴的话常有这样清冽的日子，空气凉而稀薄，阳光从中穿过，似乎比平时还更锐利一些；**公司**的外壳闪耀着蓝色和银色的光芒，就如同有电流在表面纵横淌过。进了大楼，整个**公司**也好似充了电一般：大家都步履轻捷，一举一动都很有干劲。当然了，兴奋之情都是因为**公司**拿下了工程的合同。在大厅里，在电梯中，在走廊上，都听得到 Koob-Sassen 这个名

---

1. Ernst Chladni（1756—1827），德国物理学家、音乐家。1787 年发表的这个实验是用小提琴的琴弦在铁片边缘滑动，观察上面沙粒形成的图形，得出固体表面振动的一些规律，他也因此被称为“声学之父”。

字，即使有一时半刻没有人说起它，Koob-Sassen似乎也飘荡在空气中，诉说着自己。到了自己的办公室，我给五楼的佩曼去了一个电话，结果被转给了塔皮奥。U，塔皮奥说，你回来了啊。他说话是那种毫无起伏的芬兰口音，但依然听得出惊讶。对，我说。佩曼还没回来，他告诉我；他还困在维也纳。（后来发现那里的空域堵塞得比意大利还厉害。）不过他明天就回来了，塔皮奥继续说道，你明天再来和他碰头吧。他挂了电话，我一个人在地下室中，断了线，空落落的。

2.6 在这特别的一天，我却提前下班了。我没有回自己的住处，而是去了麦迪逊那里；她住在西邦公园路。有人在地铁的座椅上留了份免费报纸，我把它拿了起来。头版是石油泄漏的最新消息。围油栏已经失效，石油已经开始侵蚀海岸，虽然缓慢却不可阻挡。报纸上还印了一张图，显示那个位置海流的线路：它们绕成一个巨大的环，或者更准确地说，是一个椭圆；尖的一头正好和海岸线相交，而石油管的漏洞正好就在它对面的那个圆弧上，于是污染物的提取和运输也因此更为集中和顺畅。（可笑的是，一大片更接近泄漏点的海域却丝毫未受影响。）看着那张海流示意图，那些箭头，我想到的是那两个或许是、或许不是兄弟的小男孩：我想象着他们奔跑、滑倒，沿着某个椭圆形的轨道不断前行——但场景已经不是在飞机场中，而是在厨房、学校的食堂或操场。我把报纸往后翻，中间有一则小新闻吸引了我的注意。一个跳伞者从飞机上跳下来摔死了。降落伞弃他而去，然后他自然就一头栽向地球。这个人虽然才二十五岁，却是位很有经验的跳伞者，是某个俱乐部的核心成员，也正是在这家俱乐部的支持和赞助下，才有了他这最后致命的一跳。警方声称这起事件有可疑之处。

2.7 我说过，我是两个月前在布达佩斯认识麦迪逊的。当时我去参加一个会议；她和几个女性好友也正好在那里。我们两人在宾馆的酒吧里聊了起来。你是一个人类学家？她当时说道，那可……很有异域风情。完全没有，我回答道，我做的是企业内部研究，工作地点是在一个地下室。好吧，但是……但是什么？我问。舞蹈，和面具，和羽毛，她想了想之后回应道，那才是你工作的精髓吧，对不对？我是说，虽然你的任务是关于工作区域的礼仪，或者如何激励员工之类的，但你是用类似于宗教仪式，或者典礼这样的角度去审视它们的，再日常的事物也会变得原始和奇异吧——不是吗？我知道她想表达什么；但她想错了。对于人类学家来说，再异域的事物也没有多少异域风情，更何况是日常的。二十世纪最具天才的人类学家，克洛德·列维-斯特劳斯，在他一部举足轻重的作品《忧郁的热带》中，描写他走在拉合尔古城[1]挂满了新电缆的街上，在事件早已过去之后，想找回那已消逝的纯粹——这种纯粹可能只是当地的某种色彩、质感、风俗，或只是生活的一些总体感受——但他眼前只剩残迹和废墟。他接着写道，曾经他和亚马孙的南比克瓦拉人[2]住在一起，感受却和此刻

1. 巴基斯坦东北部旁遮普省省会，巴基斯坦第二大城市。十一至十二世纪随莫卧儿人的到来而闻名。
2. Nambikwara，巴西土著。直到二十世纪初才与欧洲文明有实质接触，原来据估算人口接近一万，至1930年因为外来的麻疹和天花等传染病，人口降至五百左右。

一样：只觉得他“来晚了”——虽然他读过对南比克瓦拉人的描绘，知道比他早来五十年的那个人类学家（也就是那份报告的作者），虽然比橡胶贸易和电报来得更早，但他的感受也是一样的；列维-斯特劳斯也知道，五十年后，被他的这些文字所打动而踏上相同旅程的人类学家，也一样会期望——**做梦谁不会**！——他可以早来五十年（这指的可以是“现在”，或者再往前推五十年），然后他就可以见到列维-斯特劳斯见到——或者错过——的东西了。于是，他意识到所有的人类学家，乃至于人类学本身，因为这门学问与生俱来的特性，都深受一种“双重束缚”之苦：他们所追寻的“纯粹”不过是一种理解、解读和分析的架构尚未建立的状态；一旦将这些架构施加到对象之上，那么原本吸引人类学家的神秘之感就一下子荡然无存了。我把这些解释给她听；她好像明白了我的意思，尽管她肯定已经醉了。天呐，她喃喃说道，这可有些操蛋啊。

2.8 我到了麦迪逊住的地方，我们做了爱。事后，躺在床上，我问她之前去都灵做什么。我没去过都灵，她回答，去都灵的是**你**。你不是也去过吗，我说。没有，我没去过，她回答。你告诉我你去过一次，我说——就是我们昨天晚上视频通话的时候。我从来没有说过我去过都灵，她的脸埋在枕头里，说话困意朦胧的。她沉默了一会儿，我还以为她睡着了；不过她又朦朦胧胧地接着说道，我之前说的是我去过都灵—卡塞勒机场。好吧，我说，都灵-卡塞勒：你在那里做什么？等，她说，就跟你一样。等什么？我问。飞机啊，她说。在飞机场不等飞机等什么。

3

3.1 那个星期我等到了头也没有见到佩曼。他在维也纳耽搁得太久，等到可以起飞，日程表上已经显示他得赶去西雅图了。所以他就直接去了那里。这很让人恼火——不只恼火，简直是懊丧。事实上，他不在这里让我充满了一种只能形容为焦躁的情绪。不是说在他面前你会觉得不再焦躁，会变得心平气和；远非如此——整个公司就是依靠焦躁来运转的：它就是佩曼的润滑机油，他的再生燃料。但焦躁和焦躁之间是有区别的。拿下工程合同之后，我和公司里所有人一样，知道佩曼多么看重这份合同，所以都很焦躁地想要见到他，只希望通过他可以和 Koob-Sassen 这个名字背后某个丰茂、闪耀的网络连接起来；如果不是这样的网络，至少能连接到别的……什么。在佩曼身边你会感觉自己和什么东西连接了起来。既然他不在，那个星期余下的时间我把之前手头上要呈递给他的其他报告整理了一下：把音频听录成文字，画了一些表格，微调了某几个文件，在不同的网站间游荡。主要是在不同的网站间游荡。

3.2 一个为企业工作的人类学家到底**做**些什么工作呢？我们

供应对文化的洞悉。这又是什么意思？意思是我们拆去文化（我们的文化）的针脚，分解织物的经纱和纬线——它所引发的情境，和支撑以及滋养这种文化的理念——让客户了解，如何在这种面料上获得最大的附着摩擦力，同时把他们自己那根细腻柔滑的蚕丝纺入其中，并且用战略化的微型叙事进行渲染和加工（说法繁复，其实就是“帮他们卖产品”）。人种志学者要做田野调查，要将街道或咖啡馆中捕捉的特定时刻拼叠成相片的蒙太奇，或者他们会在公民中找到一些样本，让他们制作视频日记，用私人化的细节将日常的例行公事勾勒出来，对着镜头吐露：当他们把杯盘从洗碗机中取出、给运动鞋穿起鞋带，或是从塑料咖啡杯的那个小孔吸出奶泡时，心里都荡漾起了怎样的欲望、情绪和渴求。它的目的是找出和探究粗糙、机械的行为，从一批这样的行为样本中提取出一组为每次任务定制的模型——这些模型会被整合起来，和更加“客观”或观察所得的研究（例如定量分析、计量经济学建模等等）相对照，从而展现某种深层的社会学逻辑，而这些逻辑可以投入实际运用。它本质上和远古的占卜，和用鱼来预测吉凶没有多大区别——石器时代，那些披着狼皮的家伙一个个地走访聚居地，将鱼剖开，从它的内脏中获得某种启示。当然区别仅仅在于，那些占卜的人是骗子。

3.3 曾经我也很有名，虽然时间不长。我声名鹊起是在我的第一个——也是唯一一个——重大的学术成果发布之后。这个研究的主题是“泡吧文化”。在九十年代，有三年时间——三十岁前那几年——我醒来（和睡着）的很大一部分时间都和那些成天泡吧的人待在一起。我在巴格利酒吧当招待，不上班的时候就去福雷齐、“声音总部”、“天鹅绒房间”、“旋转磨坊”；芳香剂、安非他命、摇头丸，什么都吃过。后来我还会给他们这些躲躲藏藏的狂欢会找场地，通过暗语引导聚会人众该往哪里去，当时我们会用非法的广播站、蜂窝网络，和通过此类可疑活动发展起来的口耳相传的一系列渠道。然后我又用了两年时间把这些成果都写了出来。在我的研究发布之后（一开始是作为博士论文，两年之后，大概在我三十五岁左右，出了一本活人可以买到的实实在在的书），里面对于泡吧人所谓 demimonde[1] 或“精神状态”的深刻洞见倒并没有引起多少反响，大家留意的是书里大量的长篇“旁白”，我借此对于当代人种志的研究方法和诸多困境提出了一些思考。

3.4 举例来说，我用很长的篇幅探讨了“田野”这个概念。在古典人类学中，“田野”和“家”的概念是有严格区分的。田野是你做调查的地方，把你自己沉浸在原始的、未经处理的事件漩涡中，有时还会让自己陷入极大的危险。“家”是你梳理和驯服这些材料的地方：你把它们归类、分析，让它们产生意义。可当研究的对象完全和你的生活交织在一起，两者的节奏不分彼此，这种分界就消失了：“家”到哪里为止？“田野”又从何处开始？（我反复问道。）再者——这个问题是从刚才那个延续下来的——人类学家和他“情报人”之间的真正关系又是怎样的？如果这些人

1. 法语：处于社会边缘的社群、团体。

的背景和文化与你没有什么不同，而且，如果这些人还是你的朋友——虽然他们可能已经知道（不过也可能不知道）你附带还正搞些人种志的把戏——那么你还如何讯问他们？更基本的问题是什么样的交流属于“讯问”？它需要道具或台本吗？当你和穿着莱卡迷你裙的“情报人”都嗑药嗑得云里雾里，早晨五点在你的写字台上做爱，这算“讯问”吗？和“情报人”在厕所里一起昏厥算吗？这个问题之后——我并没有跳开这些困境的解决方案，因为我当时就没有给出解答——我们又要面对研究者这个**角色**。因为必须用陌生的眼睛去审视熟悉的事物，所以即使你其实心里非常明白，也必须——即使只是面对自己——假装不理解眼前的情境，那显然这一切都有作伪的痕迹；反过来说，为了更接近你所身处的亚文化群，要**假装**理解这些局面，要深层地、切身地体会、相信、渴望某些预设、论点、物件和结果，也同样是作伪；或者再把这种说法反过来，即：当这样的信仰和渴望**的确**是发自内心的，但因为你是人类学家、研究者，所以不得不**假装**这些都不是你的真实个性和内心体验——总而言之，因为所有这些狗屁事情都牵涉到不断地变换身份，模糊了立场和角度，你终于迷失在眼花缭乱的面具、角色和无处不在的伪装之中。

3.5 上面这些都在我的书里。于是我就出名了——这当然也是相对而言的，我们也别过于激动了。一个著名的人类学家，即使真的出过一本书，知名度大概也只相当于一个第三级别联赛的足球运动员。不对，应该没那么有名，可能只相当于一个参加奥运会的羽毛球运动员，或者五年前一个不太红的真人秀选手。此时细想，我甚至夸张了当时我在自己领域中的声望，更不要说在整个文坛造成了什么影响。与其说，这个研究“让我出了名”，其实是它“引来了一些注意”——偶尔有人找我去做个朗读会，偶尔报纸上会出来个书评，可就像他们说的，明天的鱼是不会阅读的[1]（不像那些巫师，“读”起鱼的内脏来可头头是道）。但这些关注已经足够让我在佩曼的雷达上跳动、嘀嘀作响——总之就是雷达上出现什么东西时会有的动静，于是佩曼把我从学院一棵行将枯萎的别枝上摘了下来，移植到他公司这个热气逼人的暖房里。

3.6 同事丹尼尔的办公地点也在地下室，就在我隔壁。我时不时会探头进去看他在忙什么。他负责的是视觉文化那块。电影科班出身，做了几个先锋短片，然后佩曼就把他雇来了。那个星期四我朝里看的时候，他正坐着看一部投影在白墙上的片子，是从高空俯拍某个城市的一块区域，交通堵塞严重。这是哪个城市？我问他。它看起来不像是英国或者欧洲的城市，也不像北美：色彩不一样，而且车辆也似乎更狂野和破旧。这是拉各斯[2]，他说。我几个月之前和佩曼一起去拍的。古达拉克·乔纳森总裁把他的私人直升机借给了我们。拉各斯的交通堵塞是世界上最神奇的。你是说那里是世界上最堵的地方？不是，那倒不一定，他说，我说的是最神奇。几乎所有的车在拉各斯都是公共交通工具：黄色的公交，巨大的蓝色、红色、棕色的卡车；这些公路，他接着说道，对它们来说根本不够宽，所以这些车就互相挤着卡在了

1. 英语中有个说法是“今天的新闻是明天的裹鱼纸”。
2. Lagos，尼日利亚西南部港市。

一起。你看，他说：接下来这段很好看。我朝墙上看，看着视频。他没有说错，真的精彩极了。好几串巴士的链条，每串都有大概七八辆，像几条明黄色的河流，正拼命朝对它们来说实在过窄的渠道中挤进去，而旁边独立的色块则想从侧面打断它们，塞入链条。当这些色块得逞之后，颜色交替的色带又在行进中逐渐成形，如同那种染色体的螺旋图。最疯狂的地方，丹尼尔说，是在这么些卡车和巴士之间，都是人。从这个高度你看不到，但他们的确就在那里。他们不会被压扁吗？我问（车辆之间完全没有空隙）。照理肯定被压扁了，丹尼尔说——但他们就能从车子中间、底下钻来钻去，就像蠹虫一样。而且他们还说，这些人还在拆卸这些汽车——一边拆，一边组装，所以整个拥堵就成了无数个旧车市场或者赛道旁的加油维修点。你看到公路旁边那些小弧，他说着指向几排分支，像是蕨类植物的叶子，那是公路的出口，但车子根本开不出去，因为这条干道本来是设计给另外一个城市的，那个城市的车辆靠左行驶，而不是靠右——这套设计方案被拒之后，尼日利亚交通部就低价买入，居然没有将左右反转过来；所以你就看到在这些无用的出口坡道上，摆满了拆下来的汽车零部件，而且是按颜色排列的。我顺着他的手指看到，在这些通往虚无的小弧线上，有一片片的色彩彼此相连，红色转入黄色，黄色转入棕色，棕色转入黑色。就像挑选颜料的色盘，像不像？他问。这整个城市就像一幅画，在你眼前一笔笔地画着自己。我点头；他说得没错。我们沉默地坐了好久，看着投影。

3.7 那一周我没有见到佩曼，但是和我的一个老朋友佩特见了一面。佩特供职于一家 IT 公司，他的职位是一名系统分析师。我从来不知道那个工作到底是做什么的，虽然他已经给我解释过好几次了。我们约在一个小酒吧里。他长了个甲状腺肿块。你在他脖子上就看得到：说话的时候那个肿块会移动，就像又多了个喉结。佩特的医生诊断之后确定这个肿块应该用手术切除。手术就安排在差不多两天之后。那只是一个常规的小手术：当天就可以出院。但是他并不想多聊他的甲状腺肿块，他感兴趣的是那个**工程**。他的公司也参与了，就跟其他几百家机构一样。对于**公司**终于成为了**“脱胎换骨伟大计划的一分子”**，他向我表示了祝贺。你到底会负责些什么工作？他问。我确实答不出来。我说佩曼出差去了，等他回来之后事情会清楚很多——虽然我这么说着，但我并不确定这些话到底对不对。嘿，佩特问我：**大报告**怎么样了？哦，你也知道，我说：在慢慢成形吧。他似乎就明白了，重新谈起了 Koob-Sassen。这个计划太庞大、太有雄心了，他说，规模上等同于围海、排水，凭空造出几千平方英里的陆地来，或者用电缆连接整个帝国——但是，他继续说道，Koob-Sassen 最了不起的地方是尽管有如此的规模，但如果只能在生活中随意观察，它对于平民百姓却是隐形的：没有纪念碑、纪念塔，没有高高矗立于城市之中的宏伟建筑，也不会覆盖乡野，或者布满海岸线之类的，都没有。它的成就属于——佩曼用的词叫做“网络架构学”。他又长篇大论地谈起了网络、融汇、结点、替续和间隙——都极其抽象。我发现自己的注意力开始涣散了；喝到第三杯的时候，我已经完全不在听他说的话，而是一直在观察他的肿块，就在喉咙的上方一点，看它滑动、挤压、摩擦，跟拉各斯的车流一样。

3.8 见过佩特回家的路上，我又读起了那种免费的报纸。在第五还是第六版上，又出现了我两天之前读到过的那个跳伞员丧生的消息。后来证明警方的猜疑是正确的：经检查，有证据显示死者的装备曾被人动过手脚。他的用具和背带中应该有两个降落伞——如果你算上那个手绢大小的“引导伞”，那么有三个（引导伞打开之后，会将主伞吸出）——警方发现，连接这些伞、将伞连接在装备上，以及装备和跳伞人相连的所有绳索都被故意切断了。切断者手法娴熟、隐蔽，降落伞重新折叠起来的方法也是正确的，所以从外部看根本不会引起怀疑。这件事只能由内部人员完成，此人必然和机场或俱乐部有某种联系，知道装备整理的一系列步骤，了解跳伞和跳伞准备的规程——打包、储存、安检，等等；简单地说，他只能是另一个跳伞员。现在，这条新闻已经变成了一个谋杀案。到家之后，我趁着酒劲给麦迪逊拨了一个电话，但是没有人接；后来我就在沙发上昏睡了过去。

4

4.1 聊一聊列维-斯特劳斯。他是我的偶像。他会在全世界漫游——两回：第一回是缓慢的，乘船、乘火车，或者骑着驴，是亲历的；然后他会换成快车道再走一遍，那是在写作的时候，他从一个大陆飞到另一个大陆，从一种文化跳到另一种文化，在联想的虫洞中不停穿梭，直到整个世界变成了一幅拼贴画，里面是反复出现的色彩、气味和形式。特别是形式：土著人身体绘画的图案；村庄里屋舍排布构成的同心圆、等形或共弧；等级制度的对称或不对称性，它们几辈人之间的族外、族内通婚的变换节奏——在他眼中，所有的这些都是相通的，构成巨大的系统，不仅隐藏在某个部落的背后，也联系着整个人类。他推断，如果我们用某种网格覆盖所有人类活动，会建立某种宏伟的等价体系。在描绘落日的时候，他看到的是被点亮的雾霭织成的网，由反光的丝线织成的复杂建构，既显现又隐藏了它背后的源头；即使是一片风景，在他看来也有很多层次，其中蕴藏着某种作为基础结构的统摄意义，而每一层都是那个意义片面的变体。这些东西让我目眩神迷。统摄意义。隐藏的揭示！我二十多岁的时候只想成为列维-斯特劳斯——这也挺讽刺的，因为他一生中大部分时间都在成为另一个人，做其他的事，比如成为一个哲学家，或者小说家、诗人之类的。

4.2 同样有些讽刺的是我开始在公司上班后接到的第一份任务。塔皮奥通知我，我要汇编出一份关于牛仔裤的卷宗。客户是里维斯[1]——要是把公司的名字说全了，是“里维·斯特劳斯”。小小的调查之后，发现这名称上的重叠还不仅仅是巧合：这个做牛仔裤的人，就跟人类学家一样，是德系犹太人；两人都因为在欧洲感到的隐约和不隐约的威胁，逃亡到了美洲，而后依靠在那里的作为成就了自己的声名。里维——中圆点——斯特劳斯是德国人，但他卖的布料跟列维-斯特劳斯一样，来自法国——具体是尼姆，在法国的南部。Serge de N mes[2]：“牛仔布”便是这样来的。尼姆的哔叽布着色和褪色都有独特之处。我受薪工作的最初三周便是采访青少年、中年危机深重的男子和服装业工作者；穷尽不同的翻裤脚、纽扣、拉链、褶皱之间的微妙差异；从宏观上拆解牛仔裤——特别是里维·斯特劳斯牌的牛仔裤——的含义。褶皱真的让我一下子来了兴致。牛仔裤有各种各样有趣的褶皱：蜂巢、猫须、铁轨，还有就是“堆裤脚”……我罗列了十七种不同的褶皱，每一种的暗示都不尽相同。为了给它们建立一个框架——也就是说依靠这个框架才能向客户阐释这些褶皱真正的深刻含义——我盗用了法国哲学家德勒兹的一个概念。对他来说，le pli，也就是“折”，描绘的是我们吞下外部世界，将其翻转，然后再吐出的过

---

1. Levi's，和人类学家列维-斯特劳斯（Lévi-Strauss）字形几乎一致。
2. 法语：尼姆的哔叽。后文“牛仔布”是denim。

程，并在此过程中形成我们的个人身份。其中德勒兹那些关于革命的瞎扯我一概没有涉及（他是个大左派）；也没有把德勒兹放在引用名单里。这些大型的零售企业很看不上这种家伙。对于另一个法国哲学家巴迪欧，我也是这么干的：我回收利用了他一个叫做“撕裂”的概念，他指的是时间上的某种突然的断裂，很自然地就让我用在了牛仔裤的裂纹上，我把它们看做是穿着者与众不同的胎记，证明了个人与大历史割离之后，建立起了属于个人的时间架构。这部分哲学所牵涉到的激进思想也被我扔掉了。于是，我在公司的标准程序，或者说MO[1]，也就建立起来了：将先锋的理论——几乎无一例外地出自思想图谱中偏左的那侧——注入大企业、大资本所代表的机器之中。这台机器什么都咽得下去，毫无痕迹地将它纳入自己的组织中，就像一个无比庞大的织机，不管原料如何难以驾驭或格格不入，它都能把它重新织进我偶像所谓的那个“统摄形式”之中——如果算不上的话，那至少是“统摄者的形式”。

4.3 Le pli。作为“企业人种志学者”，我的本职工作，我的“官方”功能，就是从五花八门的情境中收集意义——就像物理学家从某些普通的混杂物中提取纯净、不含杂质的精华，就像矿工在大地深处找到金矿——但我有时候容许自己这样想：其实，真相正好是颠倒过来的，我的工作不是将意义从世界中取出，而是把它们放进去。比如，我受某早餐玉米片生产商之邀，体悟早

---

1. 拉丁语Modus operandi：标准方法；惯技。

餐的社会角色和象征意义（禁食代表什么，而打破它又是如何重要）[1]；为他们建立一些基本的参考轴，从而体现这种生活习惯是如何进行的，并提供其他的可能；然后当企业升级并打磨它们的产品和包装时，我会看着他们如何将这些讯息融入其中，在我的理解里，最后的成果不仅仅是更好吃的玉米片，或者是厂商更大的收益，而是对于几百万起床之后在早餐桌上拿起盒子倒出玉米片，然后享用这些产品的用户来说，他们获得了更深入、更细腻的意义。当一个市政委员会正在考虑修建公园、广场，却还没有明白它们背后的人类学逻辑，我们也会出手相助；向他们展示公共空间（相对于私人空间）的历史；让他们从根本上领会这些区域代表着什么；帮助他们了解从政治、结构和宗教的角度，它们之中是什么元素在发挥作用；指导他们用何种方式创造这些将会接纳几百万市民的广场、体育场和游乐园，从而把之前所提到的背景和历史重新注入其中——这和玉米片的例子是同样的意思。在我上班的地下室里，通风设备让我昏昏欲睡、心神不宁，于是我会想象自己是某种只在夜间出没的工作者，就像那些修路工、检查铁路岔道和扳手的人，或者执行着其他不被大众留意的隐秘任务，但百姓的安居乐业，甚至生命安全，却离不开他们。当城市还在睡梦中时，糕点师傅在厨房里烘焙面包，牛奶工把货箱搬到平板车上，河工在清理河床上的淤泥、检查水位，而在那些不显山露水的建筑里，一些人正在屏幕上关注着海上的风暴潮、朔望大潮、上弦或下弦时的小潮，并会在必要时激活防汛措施。普通民众一

1. 英文的早餐（breakfast），是由打破、终止（break）和禁食、斋戒（fast）组成的。

觉醒来，他们只会发现门阶上的牛奶，街边店里刚出炉的面包，还有这条没有被大水淹没，或被海啸席卷而去的街道；他们觉得这是天经地义的事，实际上却是那些人把牛奶和面包**放在那里**的，甚至我们可以说，当他们启用防汛措施时，他们把城市**放在了那里**，每一次他们做出部署，就是把城市**重新**放回了它们所在的地方。这也正是我的工作，我告诉自己。每一天，这世界能够平稳运转，正是因为我前一天把意义放回其中。你没有注意是**因为**意义在那里；要是我偷个懒，你很快就会发现的。

4.4 我编纂过很多卷宗。也不是每一份都是客户委托的。当没有指定任务的时候，**公司**给了我完全的自主权，听从自己嗅觉的指引。我会去参加会议，读一些（偶尔也写一两篇）文章，不让自己的指尖离开大众媒体那轻柔的脉搏——还有就是编纂卷宗。我有一份卷宗是关于日本游戏中主人公代入感的，有一份是关于报纸上的讣告的，有一份是关于运动员和教练赛后采访的，有一份关于号称目睹了外星生物的人，有一份关于鲨鱼的袭击，还有很多，像关于纹身的，关于手持设备“个人化”潮流的，关于诈骗邮件修辞以及用词习惯的。这些卷宗都是自然而然发生的，有时是突发奇想，有时只是任性罢了。某种情境，或者一个反复出现的文化基因会引起我的注意，让我一时来了兴致，我就会展开调查：跟着它的孢子，看它引我到哪里，收集它出现的例子，详细列出它的各种伪装和变形；就像一个侦探关注自己的猎物，如果对方花样别出，又特别狡猾的话——类似飞贼、或者善于易装的诈骗犯——那他也会有一份文件用来记录他的所有举动。

4.5 我刚才一直在用“卷宗”这个词，大概会让人想到一沓整齐的文件，有条理地收在卷宗夹里。但其实我的工作方式要混乱得多：我所谓的卷宗绝大多数时候指的是我墙上贴的小纸片，它们中间有线条连接，边缘处会有潦草的注释，只有我自己看得明白。每张纸片都会在墙上待一段时间，直到被下一张取代。它们退位时会被我塞到一个大文件袋里，一般连分类都没有。只有那些为客户所写的纸条最后会成为干净、清晰的文档——虽然它们和那些我心血来潮建立的私人“卷宗”是否真的能分开也还不好说。一件事是否和另外一件事有联系，或者将来会不会有，谁又说得清楚？有时候，一个我随性而做的卷宗可能毫无预警地和客户的卷宗突然有了重合之处，或者和之前的某一个、某几个卷宗，不管是客户的，还是自己的，一下子交汇起来；本来是看上去毫不相干的语境，转眼间就出现了对应或重叠。当这样的事情发生时，我会猝然感到一阵刺痛，脖颈后面的寒毛都竖了起来，一个幻象又被唤醒，重新演绎起来；就像在冷硬派的小说或者黑色电影中常见的那样，突然有一天他们发现，**所有**的文件从来都是互相有联系的，它们突然拼合在一起让主角破解了案件。而我的“案件”是什么呢？我不知道——但这就是重点所在：当所有的文件都缓缓升起，排列成正确的样子，我要的答案也会随之清晰地显现出来。

4.6 在办公室里等佩曼回伦敦的时候，我开始了一个“漏油”的卷宗。我在都灵时就发生了的漏油事故现在依然占据着头条，但我没有将自己限制在这一单独的案例：我阅读了各种各样漏油事故的相关材料，最早的可以一直追溯到第一次世界大战之前。人类学家关注的不是特殊性，而是普遍性；而漏油是完完全全的普遍情境：任何时刻总有漏油事故正在发生，或者总会传出最近某处漏油的报道，再或者，你可以放心地预测，总有一起这样的事故即刻便要发生。我收集了漏油事件的频率，看它们按地区、年份和石油公司排列有什么规律，制成表格，打印出来；我收集了各种图像，比如拖着黑线的油轮、披着油衣的鸟，身穿白大褂的人在铺满黑胶的海滩上推着扫帚。我在一台备用的笔记本电脑上循环播放着一段丹尼尔给我的视频，镜头在很近的距离拍摄大概只有几平方英寸的海床，原油缓缓淌过来，在凝固的过程中覆盖在海床之上。这段影片是用一只水下手持摄影机录制的；你会看到潜水摄影师的另一只套着白手套的手伸到镜头中，手指摸索着“油毯”或“油毡”的表面，直到碰到某处隆起的地方颇为柔软，手指伸入其中，将一块半凝固的油抓了起来，随着手套升起的原油变得如丝如缕，在拉伸的同时显得越发细薄，直到被翻滚过来的黑色油膏拖了回去，变厚、合拢，重新归于那条“油毯”之中。每回重看这段视频，我都会闻到——或者说是以为自己闻到——一种气味：那是家庭自制太妃糖在焦糖生成的那个奇妙的时刻，会产生的那种甜美的亲切香味。虽然经过了没有气体的海水和没有气味的光学纤维，又在数字化压缩的过程中被粗暴损害，还在储存和转换的时候经历了延迟、衰减和抽象化，但那股香味还是通过上述画面成功地传递给了我。

4.7 在我反复观看这段视频的时候（长度大概只有四十秒），

另一些可以辨认的场面也开始从中显露出来。比方说，潜水者的手势——先向下伸出，然后捞起正在凝固的原油——也很熟悉：那是神父蘸了圣水的指尖，或是一个珠宝商人在展示一条值钱的项链，或是一个动物学家在摆弄一条濒临灭绝的细滑的蛇。潜水者的摄像机，理所当然地就贴着他的脸颊，或者顶着面具放在面孔之前。这种视角猝然引发另一种联想，很奇怪也跟糖果有关；每次看视频的时候，我感到自己的脸和潜水者的脸重合了起来。我知道他脸上是什么表情，因为那不只是我观看视频的表情，也是很多年前我孩童时的某个表情。当时我们去旧金山度假，糖果店里正在制作太妃糖，我在橱窗前的人行道上定住了脚步；那几乎无法摆弄的巨大糖块（哪个小孩可以吃得了**那么**大一块糖？）被机器拉扯时的扭动，那种无穷的变形，让我目不转睛。尽管机器的臂杆将太妃糖不断拉伸、合拢，拉伸、拍打，重复着相同的形态，但即使在那个年纪，我就已经懂得，这其中没有一个部分、没有一颗粒子，会在整个结构中两次占据相同的位置。

4.8 多日沉浸于这些材料之后，终于，塔皮奥从楼上来了一个电话。佩曼马上回来了，正在路上，他的声音像机器人。星期五来见他吧。好的，我说。**大报告**怎么样了？挂电话之前他问了一句。哦，你也知道，我说：在慢慢成形吧。五分钟之后，佩特的电话也来了。嘿，他说：我不是跟你提过他们要把那个肿块切除吗？对啊，我说。现在是这样，他说，他们切除了；然后他们解剖了那个肿块，发现有癌变。操，我说。嗯，他说。那还好他们把它切除了，我说。不是的，U，他说，肿块只是一个提示物：

我得了甲状腺癌。操，我又说道。嗯，他也重复道——不过情况也没有那么糟。没那么糟？我问。因为，他说，就癌症来说，甲状腺癌的层次还蛮低贱的，相当于那种趋炎附势的小喽啰，或者是还在军校培训的那种。基本从来不致命。那你要怎么办？我问。我得喝一大堆碘下去，他说，把坏细胞吸收起来，再摧毁它们。到时我会把自己喝出放射性来，出门到处散发射线和同位素，就跟一根行走的钚棒[1]一样。那就厉害了，我说。那是，他说：到时我的视线可以穿透女孩的衣服，看到她们内衣的颜色。真的吗？我问。当然不可能，他说。但我真的会散发射线。厉害了，我又说了一遍；我不知道还能说什么。是啊，他重复道：厉害极了。

4.9 那晚回家的路上，我又打开了那种免费的报纸，上面登了一张机场的照片，那个跳伞者的俱乐部就位于这个机场中。照片里飞机棚和跑道都拉起了警方的隔离带，被隔离的区域前面还站了一位警官，确保闲杂人等和媒体记者不得入内。我一下就觉得这图片有点不对劲。那个警官的姿势有些奇怪——微微有些失去平衡，就像他突然要往哪个方向去，但又好像没有完全进入自己行走的步态中。不过，不对劲的倒不是警官，而是限制区域居然设在这里。要是被害人是在机场的范围内被枪杀或是被捅了一刀，那么用隔离带围起来还说得通；但这个人是在降落的瞬间死的，地点和机场隔了很长的距离。大概那个地点也有隔离区吧。但即使那里也不能代表犯罪发生的真实地点，落地不过是把犯罪

1. 钚棒在裂变中释放出大量辐射、热量和中子是原子弹爆炸的重要一环。

行为的后果演完罢了，是事件留下的痕迹。但犯罪本身，它所发生的真正时间点，是在他刚刚放出引导伞的那一时刻，他等待着熟悉的震动和随之而来的拉扯，等待着主伞打开时坠落延缓的安心感，但被害人发现这一切都没有发生，他依然在做自由落体。犯罪时刻还有第二次，是当他扯动开伞索，却依然没有缓解焦虑的那一下刹车感，发现周围的空气依然对他不管不顾；而第三次是他开启备用降落伞，也还是徒劳。所以这是不是意味着这不是一次犯罪，而是三次？或许吧。但我握着报纸放在自己膝盖上，听着地铁穿过隧道，谋杀的真正地点这个问题自己替我解开了：我意识到犯罪现场，准确地说，是天空。或者，也可以把这句话翻过来：天空就是犯罪现场。

5

5.1 聊一聊**公司**。不对，还是聊一聊公司；聊一聊公司和大众；总之就是这类事情吧。在五六十年代，像我这样的人开始研究企业，然后把他们的研究送回到学院中，当做纯净的、绝对的知识供奉着。但自七八十年代的某个时刻起，这一切都改变了：现在人类学家发现他们已经不在研究公司，而是**为**公司而研究。我就是这样的情况。我工作的权限范围就是**公司**。我向谁汇报呢？**公司**。不过话说回来，在你分析**公司**的构成时，也很难跳出人类学的固有模式。事实上，你根本跳不出来。不要再把家庭、人种、宗教当做组合人群的依据了：企业已经取而代之，成为了现代部落的首要结构。我在这里用了**部落**这个词，不是为了装腔作势；倒反而是**现代**比较可疑。企业深层的逻辑完全是原始的。每个企业都有自己的神灵和不可亵渎的物品，有自己的大祭司和被弃逐之人（这个方面其实麦迪逊也没有错，她错在以为这样就有异域风情了）。企业都有自己的仪式、信仰和迷信，都有企业内部共用的专业技能和工艺，同时，相对的，也有共同的**不可确知**和**不可言说**之事。这一些佩曼都明白。他雇我的时候说，**公司**需要一个人类学家，是因为它运作的整个领域就在于分析人群，将他们的运作拆解开来，反馈给公司，同时，公司作为一个人群也要不断体会和完善自己，实际上，也就是要把自己置于那一套分析和拆解之中，而这一过程也一定是产生效益的。归根结底，这一切已经是人类学了，他说。

5.2 佩曼说过不少东西。这就是他的工作：把思想抛出去，让它流通起来。他传播这些思想可以通过各种出版物、网站、会议发言；还有那些半官方的智囊团，他似乎永远是他们的领头人；他也会接受行业内媒体的采访。他的思想一般都是警句：**地点是不相干的：重要的不是一样东西在哪里，而是它引导你朝哪里去……什么是物？一团关联而已**……这些金块般的句子让人过目难忘，忍不住就要引用。他谈到城市化：**一个城市谈不上有什么“性格”；它是一个精神分裂的头脑空间，里面是喧闹的矛盾。**谈到设计：设计**所追求的终极目标是一个状态，在那种状态里，万物都由人根据人的欲望为人而造，世界成了一个百分之百人造的世界**……这些警句是他用来做买卖的货币，通过公司他可以将思想兑换成可见的事业和实在的成果，而它们也反过来孕育更多的理念和警句，而佩曼的理念和警句永远都能赚钱。不过所有的这些理念都是公司内部共同制造的：这就是他的团队的工作方式。面对一个任务，特别是大任务，我们会从自己的知识领域出发，从多个角度逼近它——公司有科班出身的经济学家、哲学家、数学家、建筑师，它的工资簿上一定还有些鬼知道是什么专业的人——他们会把自己的贡献拍在共同的桌面上（或者拍到那块共同的玻璃上），形成新的理念，然后，作为公司的门面和代言人，佩曼会将它发射到流通的轨道中。看到这些理念成为印刷的文字，观测它们被别人——也被佩曼自己——引用、私占、抽样检验、杂交繁育，就像在某种回馈的循环中遇见了我们自己头脑和想法的混合体。不过，要是没有佩曼，没有他设立的、时时刻刻悉心掌控的总机制——这也是一个有自我生成能力的机制，我们根本就不会有那些想法：我们的能力不够。

5.3 所以，对我们来说，佩曼既是一切，又什么都不是。说他是一切，因为没有他，我们作为个人或三三两两的小团体，我们那些零散的见解、半成型的看法和直觉，那些本不会开垦的学术田地——如果没有佩曼的整合，在全然无法抓住当下的这一刻——是佩曼把它们和行动、事件的世界联系起来，在那个世界里至少有事情会真的**发生**，也就是说，他把我们和时代连接了起来。不仅对于我们，对于客户来说也是如此。让他们掏钱的也就是这些东西：与想法、专业、一个不再无关痛痒的宇宙、时代连接起来，以及这种被连接的状态。有时候我们甚至觉得，如果没有佩曼，要想象“时代”这个概念总有什么缺憾；就好像他每次随口说的一句话，或者只是他这个人存在于这个世上（他的基因中，他混合了波斯、南美和欧洲的血脉里，交叠着不同的大陆、时期和文化），就已经在发明或再造这个时代。他让时代与它自己连接起来，也由此凭空地创造出一个时代来。但与此同时，他什么也不是。为什么这么说呢？因为他在完成自己职责的过程中，实际上是在进行一种反伪装（有些人类学家也的确提过这个概念）。在他一手操办之下生成和流通的概念本就漂浮在时代这个海面上，又与起伏的海潮如此合拍，它们本就汲取于眼前的现实，不仅依照现实不断自我修正，而且轮廓与现实又如此契合，以至于不管在欧洲、在美国、在印度，不管是在建筑、在城市规划、在营销策略或社会政策的领域，你会时常碰到一些新的现象或新的潮流，忍不住说：**哦，佩曼有个词形容它特别到位**；或者：**那不就是佩曼发明的嘛**。不知不觉间，这样的话你一个星期会说好几次——也就是说，因为你不管在哪里都会看到佩曼命名或发明的趋势，充满佩曼色彩的模式、倾向、运动和突发事件，终于在一切事物中你都能看到他的影子；于是你也就看不到他了。

5.4 对于我们这些在公司里供他驱使的人来说，“看不到他”也完全可以照字面来理解。我是说按照“肉身”这样的层面去理解，他好像从来不在：随便什么时候找他，他都去了奥斯陆、圣保罗、孟买这样的地方，见一些位高权重的客户，给总统或市长提些建议，要么就是说得笼统一些——正帮忙绘制未来世界的蓝图。有时候我甚至有些怀疑他是否存在。当然这句不是字面上的意思：我知道那个土灰色皮肤、号称叫佩曼的人就是佩曼。只是，我有时候会想，就如同希区柯克那部《西北偏北》的主角，不就发现自己进入了一个在别处已经建立好的人物形象吗？佩曼是否也只是一个虚构的角色，一个为了规避麻烦的掩护者？为了掩护谁呢？我不知道。这得是一个多么马基雅弗利式[1]的团伙，多么阴暗的利益集团，而有权势和手段的人要组成怎样邪恶——但也得

1. Niccolo Machiavelli（1469—1527），意大利政治思想家、外交家和历史学家。马基雅弗利主义，也就是实用主义，为达到自己的目的而不惜动用一切手段。

说是无比高明——的同盟，得控制怎样的工具和渠道，才能维系这样一个假象？但是在现实中，什么团伙都不需要。对于很多部落来说，神是不需要借助外力的，更不必指派各级祭司在巫婆的小木屋里摇动控制杆操纵神像，不必用腹语术替它发声。就跟神一样，佩曼抽身而去，把我们隔离开，像幽灵般盘桓在某个凡俗之人难以接近的地方，那里全是高官和权贵，却也能让这些人对他言听计从。在我的想象中，佩曼和他们谈笑风生，就如同在后宫里被妻妾包围。但对于他们来说，当然佩曼也是隔离的，他们对佩曼的印象，必然也是“抽身而去”。说到底，他也就是突然出现在他们的办公室或行政大楼中，然后马上又要被飞机接走。很可能他们脑海中的画面是佩曼回到（对他们来说）神秘的总部，和我们这群人谈笑风生——而且（这种事真很难说的），或许疑心起来，他们也会感觉佩曼是一个共同营造的幻想，一个不需借助外力的神祇，虽然他们不了解这个神是怎么回事，但也只能信他，因为，这么说吧，要是不信他，那……信什么呢？这些人大概想象着我们——我——也如同后宫一般簇拥着他，日复一日沐浴在他“连接世界”的光芒里，每每出现这个念头，我都会觉得一阵安慰。但实际情形自然不是这样：我被安排在地下室，听着通风设备的噪声。

5.5 公司的标志是一座正在坍塌的巨塔。这自然是《圣经》寓言里的那座巴别塔，它包含了佩曼的一个招牌理念。巴别塔，他说，往往被认为象征着人类的狂妄。但是，他说，这个神话一直被误解了。重要的不是他们试图抵达天堂，或学会上帝的语言。不是的：真正重要的是这些努力失败之后留下了什么。大厦虽倾（他就是用了这几个词），却成了一个耀眼的记号，提醒后世它原来的住民已经流散于世界各方，他们分布的方向从垂直倒向水平，含混地说着各异的语言——这座塔只有在它的既定目标落空之后才显出它的意义来。它的倾塌是之后所有交流、所有文化活动的前提。除此之外，虽然塔已经无用，但它始终就在那里：你可以在无数绘画中见到它——毁是毁了，但看着那些拱梁、扶壁、满是缺口的角楼和生锈的支架，你总觉得它还在上升。巴别塔的价值便在于它的无用。是无用让它开始发挥作用：作为一个象征、暗号，刺激想象力，让工作更有成效。任何文化工作要提升成效，第一步的策略，他会说，就是解放物件、情境和系统，让它们变得无用。我第一回读到这段阐释，还在他雇用我之前，当时他发表在《创意评论》上；之后，我又在《设计月刊》、《当代商业日报》和《标杆》中读到过，虽然每回都略有不同。

5.6 他时常抛出的还有另一个理念，也被引用过不少：叙事。如果非要我概括，他会说，用一个词概括我们（他指的就是**公司**）做的事本质是什么，我不会说**咨询**，或者**设计**，或者**城市规划**，而会说：**虚构**。虚构？采访者会问（这个记者是《今日咨询》派来的——不过佩曼在《未来城市》和 RIBA[1] 的发言稿里说的也是一样的话）。虚构，佩曼重复道。城市和国家都是虚构的限制，一笔生意是一个虚构的存在物。即使它是真实的，它依然只是理念和想

1. 英国皇家建筑师协会。

法的合成。很多公司的工程就是从虚构变为真实的。比方说呢？采访者会问。比方说，佩曼答道，欧盟委托我们设想一下，如果有证据可以证明欧洲大同，它大概是什么样子的——你也明白，这纯粹是凭空揣摩。于是我们设计了一面旗。其实它看起来并不像一面旗帜——有点像彩虹色的条形码，其中的竖条都是成员国的国旗颜色。设计出来之后，我们用修图软件把它叠加在一堆图片上：可能是欧洲共同体的主席在演讲，可能是成员国的经济部长坐在一起商讨，甚至是欧洲一些首都政府建筑的入口。我们会找那些颇有些意味的照片，再加以修改。这些新的画面引发了一场轩然大波；甚至没人有空问一声真假。保守的媒体对这些条形码旗帜全是贬斥，说它们于法理不合；而进步人士则一下接受了，顿时到处都能开始看到真的旗帜。所以说在这个案例中，现实是虚构的结果。虚构是发端，也让后来的现实有章可循。所有的提案和项目都应该这么看。

5.7 但他最出名的一段保留节目，可能就是关于知识的。不是关于某个特定主题的知识，而是知识本身。谁是最后一个，他会这样问，可以完全掌握他的时代所有智识活动的人？我指的是最后一个**单个的人**？就是他，佩曼自己回答，莱布尼茨[1]。他什么都精通：物理和化学、地质学、哲学、数学、工程学、药学、神学、美学。还有政治。真的没话说，这家伙就是一个“通人”。他就像文化这个巨大魔方的轴，可以把一切都拼合到一起，让艺术

1. Gottfried Wilhelm von Leibniz（1646—1716），德国哲学家，数学家。

和科学伴着同一首曲子跳舞。他死于三百年前。莱布尼茨的时代之后（佩曼继续道），学科又分化了。它们现在很多都根本无法沟通：每种学问都是自己的一个小摊，和其他的全然隔开。我们这个时代或许比其他所有的时代都更需要可以拼合一切的头脑，一根轴——换句话说，我们需要一个莱布尼茨。但莱布尼茨 2.0 是不会来了。**将会**来的，是无穷尽的迁移：知识的包裹从一个领域被运送到另一个领域，在这过程中发生变异。这样的一套运作不是“单个的人”能负担的，它需要通力合作，拥有不同技艺和专长的人投入自己的能量。迁移、变异，以及最后一点，我（佩曼会强调）称之为“超越”：就是每个行业都有一种内在的能力，可以超越自己，突破自己的边界，甚至在这种不循规蹈矩的过程中牺牲自己的交流方式和行事准则，然后在两块版图中间的荒芜地带，在地图上那些空白的区域，在那些本有难以逾越的地貌，但光线却可绕过并制造蜃景、fata morganas[1]、幻影和幽灵的间隙里，这些超越者会以奇妙的、爆破般的方式组合在一起。他会说，那就是知识的未来。

5.8 我到五楼去见他的时候，我是说，每次上去的时候，最让我印象深刻，事后也记得最清楚的，并不是面谈本身，而是附着在它周围的细节：比如通往它办公室那条路的角度；木地板上我脚后跟发出的声响；他房间玻璃墙上我的影像——还有很多影像的影像，因为我之前提过，整幢楼都是这样的玻璃隔间，所以就

---

1. 意大利语，是蜃景中相当复杂的一种，其中的景象会扭曲和急速变化。

造成了这种鬼影幢幢的效果。在最后一道隔断之前，有一个盲区；身处这块区域，或者穿行其中之人，可以躲开整层楼的视线——换句话说，对于这许许多多在玻璃隔间里的同事来说，这个人突然就隐形了。每次我跨入并走过这段距离，我都会将右手放在耳边，打三次响指，**嗒—嗒—嗒**。我不知道为什么我要这么做，几乎是下意识的，但因为只有**我**能体验甚至知晓，一下就让我乐在其中；在这一片超负荷运作的喧嚣之中，一个细微的、隐秘的动作，以及用来享受它的一块狭小的、隐秘的飞地。每次来见佩曼我都会这么做——每次那几秒钟都和其他做这个动作的几秒钟融合起来，包括上一次、前一次，以及从第一次以来的每一个几秒钟，甚至也包括从今往后的每一次；于是我觉得，自己被这些累积的所有时刻传送到一个时间消弭的空间之中，那里只容得下这个动作，只容得下右手指间这个已经变得永恒的“嗒—嗒—嗒”。

5.9 那个周五，我上去见佩曼的时候，他盯着掌上电脑，正输入讯息，跟我打招呼的第一句话是个问题。就在我走出盲区，重新回到时间——和他办公室——之中时，他问道：你有没有去过西雅图，U？他背后是从屋顶到地板的大窗，看得见吊车、云朵、飞机和桥，还有泰晤士河，都在争夺镜框中的位置。没有，我答道。那里有意思，他说。哦，是吗？我问。怎么有意思？这么说吧，他回答，最让人惊讶的地方是那里星巴克太少了，你可以开车转很久却一家也找不到。这倒有些奇怪，我说；我一直以为星巴克就是西雅图出来的。有意思的地方就在这里，他说；一般人会以为整个城市都会变成一家大星巴克。但实际上你看到的都是

“乔的卡布奇诺吧”、“路易吉浓缩”、“太平洋咖啡小屋”之类的店。这是怎么回事呢？我问。对啊，这是怎么回事呢？他重复道。我就是这么问我的司机的；你猜他怎么回答我？佩曼的视线从他的掌上电脑抬起来。我摇了摇头。他告诉我，佩曼说，他的目光现在转到了电脑显示器上，这些咖啡店**就是**星巴克：这些都是**伪装起来**的星巴克。他们的管理层，他们的战略师，都懂得没有人真的想从星巴克买咖啡喝；顾客只是图个方便，买的时候都羞愧得抬不起头。大家都渴望求真性，渴望地方性，和（他的语速这时放缓了一些，因为他又开始打字了）……和回归原初——星巴克作为一个全球连锁企业，全身上下都是和以上几点截然相反的。所以这些战略师（他继续说道）就创造了这些“当地”形象——乔、路易吉之类的，每一个品牌都开出好几家零售店，每一家彼此相隔不少距离，观察它们的接受度：这就是实战研发。要是其中真的有一家起了势头，他们就把它在全国铺开，再撒向欧洲、亚洲和其他那些地方——大家都会趋之若鹜的，就因为这不是星巴克。是不是才华横溢？他问。应该算是吧，我回答，很有才华。

5.10 接下来他跟我沟通了一下工程的情况；公司在其中的角色；以及细化到我自己在其中的角色。几周之后我们要和部长见一面；他希望我一起去；他希望我能去趟巴黎；他希望我能继续循着直觉那几条线（或者说副线）继续探究下去，然后像一直以来一样，不定期向他汇报；还有些其他事情。我一直把话说得模棱两可，一方面是我也别无选择，另一方面是因为他的话也很模糊。佩曼向来是这样的：他所谓的交易货币，其中很大一部分作为储备金，就是某种系统化的模糊。**有些未知的空间是不需要填充的**——这又是他的一个警句。他的本领所在，他维系整个事业的核心卖点，就是掌控不确定性，就是将无关的点按某种方式排列，于是人们像夜观天象般**将将地**——真的是毫厘之间——能辨别出其中的图形来，然后被其打动。就像我在听他介绍 Koob-Sassen 时，每句话都似乎听得懂，即使我不知道他在说什么。在他说话的时候，即使别人听不懂这个事实也显得意味深长。

5.11 那天晚上，我又去见麦迪逊了。我们又做了爱。之后躺在床上，我发现自己的思绪又飘向了石油的画面。一会儿是翻涌的、滞重的黑色海面，一会儿是黑色浪尖的波涛，一会儿是砂石海滩上星星点点的黑沫，最后我发现自己所在的地方周围都是一块块油潭，耗尽了能量的石油就懒散地披在石头和动物的身上；而它们被盖了一层石油，看上去就像聚氯乙烯，或者某种通灵的装置。而抢险队伍穿着的防护服一方面像是为了防护，但也同时显得格外邪恶。再向海上看，大浪翻卷的地方，我见到了一个淫荡的阿佛洛狄忒在黑色的水花间搔首弄姿，她脸上是情色杂志里模特和读者的妻子都会有的表情。

6

6.1 接下来的一周，我组织了一个小会，与会者是参加Koob-Sassen的一些公务员。我的想法是让他们坐在一个房间里，聊一聊他们觉得工程包含了哪些内容，或者更微妙一些——意味着什么。公司楼里有一个房间就是为了这样的讨论而专门装修的；里面有躺椅、沙发、扶手椅，甚至还放了懒人沙发——所有的家具挑选来都是为了全力营造一种轻松、随意的氛围，让讨论者能尽情地闲扯，而我们则隔着单向玻璃那面墙观察他们。当然事情从来没这么简单：人人都知道他们正被检视、评估、记录。对于人类学家来说，这是一个众所周知的问题，最早提出的是一个叫亨利·兰兹伯格的人：被观察的部落意识到自己正在被观察，并因而改变了自己的行为方式，一般来说，他们会朝更符合人种志学者预期的趋势去表现自我。学术上，这种现象有个专属名称叫霍桑效应[1]；不过我们在大学里一直把它叫做“盒子里的猫悖论”。这个昵称当然是借用了薛定谔那个著名的假设，用来体现爱因斯坦发现原子诡异运动所推得的逻辑后果（事实上，我们有些混淆了这两个不太相干的科学原理——霍桑效应实际上和薛定谔的假设没什么关系；可我们不是量子物理学家，所以既不懂，也觉得无所谓）。要是你（薛定谔提出）把一只猫封在一个盒子里，里面有一小瓶有毒的气体——比方说氰化物；瓶子要么破裂，杀死那只猫，要么保持完好，猫也自然毫发无伤，而瓶子的状态取决于某一颗原子决定穿过两个孔中的哪一个——但其实，是科学家开箱检查原子**已经**从哪个孔穿过的瞬间，原子才选择**已经**从哪个孔穿过。换句话说，在科学家开箱往里看、确认猫是死是活这个所谓 post hoc[2] 的行为发生之前，那只猫既不死也不活，或者说它既死了，也还活着。

6.2 当我通过假镜子观察着这些研究对象时，情形在某种意义上是相似的。这些公务员没有接到什么指示，却都知道需要迎合怎样的期待，并依此塑造自己的表现——他们不是在迎合我，甚至不是在迎合他们的老板，那个有名有姓、有脸孔和官阶的直辖上司，而是更大、更模糊的一组测算员、归纳人、评判者，这些人也躲在一面要大得多的单向玻璃后面，虽然那面镜子更隐蔽。这些公务员们一直在用像“激动人心”这样的词（三个小时之中出现了一百八十二次）；还有“挑战”（一百零四次）；“机遇”（八十九次）；“转变”（七十八次）；还有最后那个词的升级版，“重组”（六十三次）。他们靠在躺椅里，或者伸直了腿窝在懒人沙发上，试图流露出一种若无其事的平和心境——但在我看来他们散发着一股紧张和不安，就像一屋子焦躁的猫。

---

1. 亨利·兰兹伯格在1958年的一部作品《重访霍桑》中，重新分析了1924—1932年在芝加哥霍桑工厂中开展的一项实验，当时是为了检测提高或降低亮度对工人的效率是否有影响。
2. 拉丁语：发生于其后者必然是其结果（指一种常见的逻辑上的谬误）。

6.3 碘是如何起作用的呢，佩特说——我们又在上次的那个酒吧见面，它的工作就是**认出**甲状腺癌病变的细胞，然后把它们除掉。假设每个癌细胞都是一枚硬币——它们都是某个时代的某种硬币，有相同的特质——好了，碘练就了一种本领，就是能发现这种硬币，把它们熔化，让它们不再流通。听上去不复杂啊，我说。这么说的话，你肯定没事了。啊，他回答：它的原理听上去不复杂。但实际操作之中，发现比我想象得要困难一些。他停顿了一下。怎么说？我问道。比方说吧，他解释道，其中一个硬币磨损了，或者在铸币的过程中因为偶发情况有了瑕疵——可能机器的某个零件那一天正好出了纰漏，或者一颗沙子不知怎地混了进去，我们还可以想到一百种造成变异的因素：于是碘就无法辨认，因为在辨识的软件中没有收录这些变体。于是这枚硬币，这个癌细胞，不但没有从流通中被逐出，还建起了自己的铸币厂，复制起自己来，每一个都是次品，都无法辨认；而且铸币过程中也会出现新的纰漏，引来新的变体，直到碘茫然到根本不知道自己在找什么，一甩手，嘟哝一句**滚他娘的！**然后就回家了。这是一个系统问题，佩特说。如果我们有一个更好的数据库的话，我的危险早已经排除了。

6.4 一天下午，我本来在地下室整理那些公务员的对话记录，又往丹尼尔的办公室探看了一眼。这一次他正在看的视频里，成百上千条腿正在城市的街道中滑行。我说“滑行”是因为这的确是它们正在做的动作，而不是（举例来说）跑步或走路。几秒钟之后，我意识到这些腿的主人都在玩轮滑：人数的确不少，从镜头前划过；而摄影机自己也在移动，估计摄影师也踩着旱冰鞋吧。**大报告**怎么样了？丹尼尔问。哦，你知道的，我说：慢慢来吧，在渐渐成形。你看他们的动作，丹尼尔说，头没有转过来。我看了：轮滑者的头都抬向前方，盯着画面外的某一个点。他们并没有在比赛，速度之中感受不到急迫，更像是周五晚上的小聚（天已经黑了；街上的灯已经亮了起来），大多数人只是从容地朝前滑着，或者快步从滑行队列的一侧移动到另一侧，或者停下脚步等某个熟人赶上来、检查手机上的新讯息、调整塞进耳朵里的音乐，让队列从身边淌过。

6.5 我在巴黎拍的，丹尼尔说，脸还是背着我，朝向投影。我下个礼拜要去那儿，我告诉他。这是一个 MSP，他说，没有理睬我的话。MSP 是什么？我问。无抗议的游行，他回答。这个是法律名称，巴黎市政厅[1]发的许可中认定的。哦，我说；接着我们又安静地看了一会儿视频。这些轮滑者只是不停地滑行而过。他们似乎并不用花费多少力气，因为街面十分光滑；这就让他们有了一种慵懒的感觉。我评论街面材质的时候丹尼尔解释道，巴黎的街面，在欧洲所有主要城市之中是最光滑的。是因为 1968 年，他说，全民暴动，革命者把鹅卵石都抠出来朝警察扔。当时甚至还有一个口号鼓励他们这么做：**铺路石底下，就是海滩！**在那之后，他解释道，当政者都用柏油取代了铺路石——未曾料想却让

1. 原文为法语。

巴黎成了轮滑者的天堂。

6.6 我一直想到那个死去的跳伞者。这次事件的种种细节带回了我自己童年的一段记忆。我可以分毫不差地找出自己职业生涯的起点：那是我七岁的时候，一个湿润的星期天下午，我碰巧看到了一部纪录片。那还是六十年代早期拍的老片子，关于南太平洋上的岛民。这些人叫做瓦努阿图[1]人，每年都要举行一次诡异的仪式：男人们会攀上一个似乎并不牢靠的木头高塔，妇人在底下唱着劝诫的歌；在歌声的怂恿下，男人们一个个从高塔顶上往下跳，而且是头冲着地面。他们的脚踝上还绑了藤条，在他们的躯体砸进土地之前，藤条正好收紧。看了纪录片之后，我会爬上妹妹的高低铺，用 T 恤衫和睡衣绑住我的脚踝和床柱，一次次纵身跃下，头冲着地毯。要是哪个瓦努阿图人犹豫了，或者不肯跳，他的女家眷会用荨麻和荆棘抽打自己，直到那个男人不堪其辱，只得照办；我也说服了妹妹们用法兰绒抽打自己。我一连几天都进行了这个仪式，直到一边脱臼的肩膀和父母的否决终于停止了这一切——但来不及了，那个纪录片的影响已经完成。从那以后，每次别人问我长大了想做什么，我都会告诉他们：**人类学家**。

6.7 还是说回到跳伞者：就像我之前说的，我已经弄清楚了犯罪地点（天空），但还有一个问题没有解决：犯罪时间。换句话说：是在哪一个具体的时间**点**上他被谋杀了呢？是在装备遭到破坏

---

1. Vanuatu，西南太平洋岛国，旧称新赫布里底群岛。

的时候吗？要是他的这一跳并未致命——比如，被地面吹来的一阵劲风托了一下，或者正好落进了极厚极软的积雪中，或者他掉在冷杉树上，一层层地压过冷杉柔韧的枝条时，每一层都替他削去了一些下坠的速度，只有最后一根温柔地把他送到铺满针叶的土地上——要是任何一个类似的奇迹发生（在民间传说里不是常有的事吗？），那么破坏装备的行为就不构成谋杀了。只是，至少我看到那篇文章里说，在这起事件中——在这个根本找不到高大冷杉的国家，在这个从地貌角度难以形成向上强风的区域，在这个无雪的季节——跳伞者的死亡在绳索切断之时已成定局。所以说，虽然在触地之前他没有真的被杀死，但实际上，他已经死了。在他生命的最后几个小时——甚至可能是几天——他（薛定谔会这样表达）**已经**被杀死，但**未成事实**。我试图想象活生生的他在那种状态里是怎样的：一个死人，他的身体和意识，他的经历，以及他对这些经历的感受——他对自我的感知，他的整个现实——都不过是一个技术延迟和暂停的伴随效果罢了，这种等待和你打长途电话或视频通话时遇到的一样：各个部分构成链条，那只是一条命令沿链条传递所需要的间歇罢了；是“行动”与“运动”之间的过渡，就像在那些难受的梦里，你像是瘫痪了一般，做什么动作都要等待许久。

6.8　大报告：需要解释一下。这是佩曼的主意。当初他雇佣我的时候，握着我的手欢迎我入伙，他注视着我的眼睛，说，U，把那份**大报告**写出来。**大报告**？我问道，手还依然跟他握着，**大报告**是什么？**终极文献**，他说，**绝无仅有之书**，对我们这个时代的所有**评判**。这件事凌驾于你在**公司**的所有工作之上，是我找你来的真正原因。这也是你们人类学家应该做的，不是吗？你能说得更详细一些吗？我问。比方说，他回答道，终于松开了我的手，方便他自己做手势；你穿上你的卡其装，长途跋涉到某个原始森林，跟他们相处，跟他们钓鱼、打猎，因为得了他们的热病而发抖，喝着他们在处子嘴里发酵的奇怪的酒，之类的；大概一年之后，他们把你的包裹和行李箱拖到码头，这是他们这个小世界和外面大世界连接的唯一纽带，但对于他们来说，外面的世界他们就算知道，也只不过是个抽象的概念，就像小孩子对于婚外情的理解一样；他们朝你挥手告别，送你回书斋，笑的时候露出满是缺口的牙齿；等你回到了书斋，卡其装换成了棉衬衫和领带，掺了口水的酒换成川宁、大麦茶和冰的苏格兰威士忌，你的管家会端着托盘给你送来，这时候你会把那本书写出来。这就是我的意思，他说道。不只是一**本**书，而是：**那本**他妈的**书**。你要写一本关于他们的**绝无仅有之书**。把他们这个部落总结出来。念出它秘密的名字。

6.9 这时候他的电话响了，他接起了电话，用德语（流利的德语）聊了五分钟。结束之后，他抬起头，问我有没有听懂他想表达什么。听懂了，我告诉他。但是，我起了个头——随即又犹豫起来。你那个人类学的版本，不，我是说你对人类学图景的构建，对它的描绘……终于我找到了合适的词……你对它的**特征化**……有什么问题吗？他问。这么说吧，我说，可能一个世纪之前还是正确的。但现在已经没有土著了——或者说，**我们**才是土著。我是说……我知道，那些我都明白，他打断了我。我读了你那本泡吧著作：万花筒；舞台角色；厕所里的昏厥；都很棒。正是因为你那个研究中所描述的局面，他继续说道，才更让**我们这个**时代需要一份**大报告**。地壳变动，形成新的岛屿和大陆：我们需要一本新的导航手册。而且另一方面，我试图告诉他，现在也没有书斋了，没有那些管家、威士忌和大麦茶了。我是说，现在变成了大学……不要理会什么大学！他轻蔑地哼了一声，再次打断我。它们现在已经无足轻重了：都成了生意，更何况连生意也没做好。可**真正**的生意，他说，他在写字桌上方绕了一圈，其中包含了整个办公楼：这才是炼铁炉，才是铸造厂，炼取、浇铸、锻造着真的知识。你说得没错，U，已经没有宁静的书斋了。但**大报告**本就不是在书斋里写出来的，它会从森林的隐蔽处蹿出来，就像一只斑斓的、奇异的野兽，这个物种谁也没有见过，它自成一类，在林木之上瞬间发出耀眼的光芒——**如闪电划破天空**，让所有人都看到。我希望这份报告能出自**公司**。我们是最高贵的野蛮人。我们坐在所有大河共同奔流的地方，手边是战斗前涂绘身体的颜料。**公司**，他重复道，因为心情激动声音越来越响，是那个能写出这份报告的地方；而你，U，是那个能写出报告的人。他依然注视着我，看透了我。他在微笑，但那双黑漆漆的眼睛没有离开过我，很明显不管脸上是否带着笑容，但他一点没有开玩笑。我要你做的，他说，是为此刻正在发生的事情**命名**。命名？我重复道；就像童话里公主对侏儒怪干的事[1]？是的，他说：一点没错。你希望这份**大报告**是什么样子的？我问。它应该采用什么形式？它的报

---

1. Rumpelstiltskin，德国民间故事中的侏儒状妖怪，公主为了搭救王子，答应将亚麻纺成金子，条件是侏儒怪得到公主的第一个孩子，除非他的名字被公主猜中；结果公主猜中名字，妖怪自杀。

告对象是谁？这些都是次要问题，他说。我交给你去探索。它会自己慢慢成形的。

6.10 在这些事件发生的同时（q.v.[1]），它成形了吗？它正在成形——我们用的词字面上是说它在自己**寻找形态**，就像一样东西丢了或者根本不存在的时候，我们更愿说我们正在**寻找**它。我的头脑中正有各种形态在发生，但确切地说，这些形态是一种过程，是初级的一系列变位和涡旋，连接和分离，它们整体所传递的似乎是之后更深层的形态和结构。结构、背景、模式、风格、格式都是自发出现的——它们突然吆喝起来，上前几步，就像是主动请缨去完成一个什么任务——一旦我知晓了它们的存在和积极态度，它们立马又安静了，钻入混沌之中消逝不见。而这些隐现的幽灵，以及它们（就像所有鬼魂一样）似乎终将复返的样子，让我所有的调查，我的每一份卷宗，不管它们的主题如何孤立和怪诞，都增添了能量：说到底，除了本来就能发挥的功用之外，它们难道就不能在机缘巧合间成为那根让**大报告**奔腾的马刺？虽然我尚未开始任何实质的行动，但像这样处于等候发令的状态似乎开启了背景灯光，让我做的每一件事都有潜质变得举足轻重。与此同时，我本来就不低的焦虑值，又被它提升了不少。

6.11 回到我的地下室，在 Koob-Sassen 分配给我的各项任务之间——当然从我进**公司**的第一天起，我在头脑的第二层面永

---

1. 拉丁语，字面意思“参见”，在此处可理解为“如上下文所述”。

远都要应付另外那个无比重要的职责，那个**大报告**给我设下的疑问——我开始了一个关于跳伞者的文档。其实是丧命的跳伞者：那些降落伞没有打开的人。让我惊讶的是这样的报道，或者说类似的事件，其实非常频繁：就像漏油一样，它也具有普遍性。即使是我在地铁上第一次读到那篇不过三四行的文章，我也有种似曾相识的感觉，好像在哪里读过，或者读过一篇十分相似的。**哦，死了个跳伞者：就是那么一回事儿吧。**所有人都听过也明白其中发生了什么。甚至在我听说过瓦努阿图人之前，我还是个小孩的时候，学会的第一个笑话就是关于一个报纸上的二手降落伞广告：“无附加费用。”[1] 对于一个人类学家来说，就像我之前解释过的，引发关注的是那些普遍的事件和现象，而不是独特的。对于一个人类学家来说，不存在什么独特的事件或独特的现象——只有普遍事件和现象的变异；所以说，越普遍则越纯净，越接近那个没有变化和混淆的原型。而跳伞者的报道，因为它的前因后果是如此苍白、老套和简单，它如此不加掩饰地利用着二手的材料，反而让人眼前一亮：它是如此无所顾忌的缺乏原创性，于是显得创意十足。

6.12 奇怪的是，我越认真地寻找丧命跳伞者，这种事就发生得越来越多——我是说，它们真的是同时发生的。当然了，我找出了之前降落伞打开失败的案例，当时也有人指出了各种疑点；我一直往前找了五十年。之前在美国有一回，主伞和备用伞打开时都破裂了，而如果这都是因为面料疲劳造成的，那发生的概率在千万分

---

1. “无附加费用”的英文（no strings attached）字面上可解释为“绳子都没接上”。

之一；另外有一次是在澳大利亚，背带不知为何在空中突然着火；诸如此类的。可是就在我收集这些案例的过程中——最多不过两个半月——跳伞员没有伞径直砸向地面的新闻最起码出现了三次。它们都没有发生在英格兰：一次是在新西兰，一次是在波兰，一次是在加拿大。不用说，细节上有所不同——但都涉及设备可能遭到故意破坏的情况，而且三起事件都没有结案。这些不断复制——或者接近复制——的情境触发了我头脑中的各种警报器——让原本激发我兴趣的那个跳伞者，那个不幸的家伙，更加引人入胜：一个原本就很老套的事件被证明其实更加老套，从而也显得更有意思了。

6.13 后来我去了一回巴黎，也做了预设场景的征询会，和我之前在伦敦做的差不多：这次是一群金融业工作者。但单向玻璃没有了，只有一个翻译站在我身边，轻轻地在我耳边把他们说的话告诉我，虽然法语我本来也算似懂非懂。我是早上去巴黎的，晚上就回来了。丹尼尔说得没错：那里的大街都铺了柏油，非常光滑。之前我从来没有注意过。我还发现“欧洲之星”的火车在设计上有个漏洞，虽然不大但依然非常讨厌：行进到最高速时，车厢下面形成的真空会吸入周围的空气，集中从便池送上来，结果就是上厕所的人不时会被自己的尿液吹一脸。我在想，要是之前的欧盟客户有个死对头——类似于那种反欧盟的右翼游说组织——也雇用了**公司**，要我们设计一个符号来代表**他们**的追求，我会建议考虑一下这个漏洞，这个水被吹回的特别场面。

6.14 麦迪逊打电话来的时候我还在火车上。你什么时候回来？她问。今天晚上，我说。我现在就要你出现在我面前，她告诉我。一下车就来我家。我照做了。稍后，做完爱，我们躺在床上，我没有像上次那样在即将睡着的时候想象石油的画面，我的意识这一回是在一些黢黑的街道间穿行。这些都是巴黎的街道——倒并非是我刚刚去过的真实的巴黎，而是丹尼尔的影片当中那大概五十英尺左右的街道，不断地重复。就像我之前说过的，这些街道都是黑的，铺路的圆石一块不剩，只剩下一层绵延的、平滑的柏油。这层柏油似乎是在我向前滑行时不断铺展开的：黑色的它不断温柔地向前覆盖着，纵横的大街和分岔的小道都被它掩藏得无影无踪。我不时会经过某些地点，意识到某个历史事件、某个革命事件就在此发生——但就在这个意识闪现之时，它立刻被消灭在那层柏油之下。这样的情况一再发生：不管是什么暴动或抵抗的行径，或是他们的标识和纪念建筑，当它们突然耸起，试图吸引或牵绊住我一扫而过的目光时，就被抹去、裹挟、淹没。柏油层没有尽头，一条条的街道也彼此衔接，而我只管向前滑行，也不知道要去哪里；两侧，我的余光扫见两排咖啡连锁店，如同柏油一般在朦胧中没有间隔地连接了起来。这一切都感觉很顺理成章，一点也不觉得是场灾祸；没有人在抱怨，甚至没有人感到惊讶，好像事情本该如此。**本该如此**，一个声音在我头脑中说道，可能就是我自己的声音。我甚至可能把这几个字说了出来。麦迪逊半睡半醒间哼了一声。然后我们两个都没了意识。

7

7.1 这个 Koob-Sassen 工程。就像我一再表明的，我不会谈论它——只是，在这个阶段，每个人都在谈，都在谈个不停。但是他们谈论的方式没有把它当成他们知道的事，这个对象的属性和范围都是未知；相反，他们一边谈着，一边像是在探索着一件陌生的事物，这样东西既在眼前——它其实是无处不在的——又无处可寻：他们只能摸索着它的范围，只能通过互相问询，辨别它的结构、容量和极限。在我的工作过程中，我让别人选择一个对他们来说最能代表 Koob-Sassen 的视觉形象，从悬浮的宇宙飞船、养兔场到水塘边的百合花，回答五花八门。当然，我也有我自己的答案：我看到的是沙漠中拔地而起的高塔——绚烂华丽的建筑，一半像现代感的摩天大厦，一半像《一千零一夜》里苏丹的宫殿：钢筋和玻璃的圆柱不知不觉间演化成圆形的穹顶、上心拱门和瓷砖贴成的 muqarnas[1]，渐渐收拢的光塔尖顶，缠绕着云朵，就像蜕除了自己的物质属性，散化成雾气。高塔脚下都是人——几千、几万人——在劳作，他们移动起来像蚂蚁，路线在沙地上构成图形，当它们结合起来的时候，图形更广阔，意义也更清晰，就像三角洲上的河道，从地面看可以是蜿蜒、弯曲、分岔，错综复杂，但只要在足够的高度，它们就构成一个整体的形状。他们在干吗，这些蚂蚁般的劳作的人？为什么他们要带来材料，又把掘出的沙土运走？为什么他们要传递那些或许自己都不理解的指示？而统摄整个工程的逻辑是如此复杂，以至于接受指令的人也未必能够明白。即便是这条长链之中的任何一环都不能全部理解这些指令，但只要逐级执行，就能在实质上推进整个复杂精微的系统，直到最终实现；在那光辉的一刻，对所有人，**一切**都会变得清晰，蚂蚁会像神一样无所不晓。

7.2 这个画面时常出现在我脑海中；随着时间推移，几周，几个月，高塔也接近完工了，它的结构和轮廓也明晰起来。不过还是有未完成的小地方：从外壳豁开的空隙中，可以看到没有铺完的地板、裸露在外的电线，其中的层次还可从各个方向再展开为“亚层次”或合并为“超层次”。里面的距离、高度、深度和空间都是惊人的——它自己就构成了一个大都市，一个巴别塔（这时候当然**公司**的标志会若隐若现地重合进来）。在这些画面里，佩曼永远都在：他或许站在下面的平原上，或许撑着某个阳台的扶手，或许靠着一个尚未完工的扶壁，正和工程师、亲王、建筑师、酋长和维齐儿[2]商议，调整总计划的琐碎细节，检查下个阶段的后勤安排，或者诸如此类的事情——总之就是处于热火朝天的网络中心，被**连接**着；而我因为和他的关系，觉得自己也被连接了起来。虽然这些都不是**工程**的真正内容，但当我在地下室里坐下、挤上

1. 阿拉伯语，指伊斯兰建筑穹顶内侧一种复杂的立体装饰，通过图形和凹凸营造出一种奇幻的蜂巢般的效果。
2. 伊斯兰国家尤指奥斯曼帝国的高官或大臣。

地铁，或是睡意蒙眬之时，Koob-Sassen 对我来说就是那样的。

7.3 和部长的会面如期进行了。和有权力的人近距离接触还是有些奇怪——我是说真正的、可以执行的权力：这样的人应该很难与之轻松相处。你会想象他们每个转身、举手投足都透露着这样的权力，他们的毛孔里冒出的都是权力，他们会隔着名贵的衣服散发权力的气味。但实际上，这位部长最惹人注意的地方就是她缺乏有权有势者的气度；她看上去就像是个寻常人。至少从外表上，她没有什么特别之处，既不高也不矮，既不胖也不瘦，既不好看也不丑。她的口音既不像有格外优越的背景，也不像是在掩饰类似的出身。她大概和我差不多年纪，四十出头。她穿了一身低调的商务服装，只有鞋子是例外，上面有小小的仿虎皮的条纹。佩曼、塔皮奥、我，她和她的两个工作人员坐在一起；我们的位置让我可以看到她的鞋子，以及她脚的动作。当前两个人分别在陈述、回应、问询、澄清、提案、回应提案等等时，她的两只脚一直在相互摩擦，说得具体点，是右脚的大脚趾，它的外侧边缘，在上上下下地蹭着左脚的脚弓。她在整个会议期间，甚至在她自己说话的时候，都没有停下过这个动作。一开始我以为她在挠痒，以为她左脚上被什么虫咬了一口，或者是发炎、过敏之类的。但会面进行了二十来分钟之后，我只能推翻这个假设：挠痒再如何轻微，也会有一定程度的紊乱，节奏上会时断时续，有种愤怒感，但她的动作是如此有规律和有条不紊，简直像是自动的。大脚趾每次向上蹭一下足弓，虎皮上的毛都会捋得竖起来，每一根都精神抖擞地自顾自站着；而脚趾紧接着往下一捋，或者说是复位运动之后，这些虎毛又被重新压平，在一片光滑油亮的虎纹中丢失了自我。

7.4 就这样过了大半个小时，我终于意识到这个部长正在做什么：她正试图用右脚解开左脚鞋子上的搭扣（她的鞋也蹊跷，搭扣居然是在脚的内侧）。我一路观察，逐渐明白这是多么有抱负的一件事。解搭扣本来就是个技术活；要是还不允许用双手，那要顺利完成简直难如登天。然而这正是她的右脚努力在做的事情，其中的坚持和决心我越发觉得可敬可佩。鞋扣的弹性不错，这样的操作之前一定不计其数地发生过（我猜想），所以皮带已经颇为柔软，但在一头施加压力，它还是有足够的硬度，不会只是自己打褶，而是在金属框中耸起。就像我之前所说，这可不是瞬间能完成的：它需要一个小时微小的推挤，并且要不停地压平鞋扣周围的鞋面，才能让皮带几乎全部要穿过金属扣框；这时，皮带还要继续向上传送却无“上”可去，它会像蛇一样在不经意间将“上”的动势转换为“下”——而且在完成这个转换时，翻越了中间那根扁针，优雅得如同一个撑杆跳运动员，看那根针在腹下扑倒。于是皮带再也没有了阻碍，轻松地从鞋扣框的另一侧钻出。再定睛一看！整个工序已经完成了。

7.5 就好像这还不够厉害，部长马上又开始用右脚外侧将之前的流程倒着进行起来。而且花了大半个小时，她又成功了。当她把鞋扣复原到最初的位置、原始的状态，部长就结束了会议。我只觉得能欣赏到这场只有我自己能看到的小剧（由于桌子、桌角、椅子分布等类似因素），实在让人得意。你觉得会开得如何？

我们出来之后佩曼这样问我。哦，我回答，特别好。

7.6 Koob-Sassen 工程正式启动之后，因为流量陡增，办公室里开始出现带宽的问题。在服务器之间往来的、在电缆中传输的、在空气中流动的信息，都太多了，我是这么猜的。我的电脑和同事的电脑一样，频繁受到一阵阵缓冲之苦。我可以听到隔壁丹尼尔的声音——**操你妈的缓冲！**——而且楼上的人骂的一模一样的话也通过通风系统传下来。我对缓冲倒不介意；我会怔怔地盯着那个旋转的圆环，一看就是好久，完全忘记了周遭的一切。在那圆环的背后，我想象着一群群比特、字节、兆字节都兢兢业业地准备着那些我需要的数据；而在这些劳工背后，我想象着一个巨型的超服务器，可能设置在芬兰、内华达或者乌兹别克斯坦：一排排的储存体，周围是破土而出的圆盘式卫星接收天线，永不停歇地输送着信息，远超任何人的一生所需；它们向我输送信息这一行为没有尽头、不讲条件，本身就是一种恩赐。Datum est[1]：这是被给予的。正是因为这份礼物，这份源源不断的给予，圆环才会转动起来：一面是纯粹无杂质的数据，涌入我的系统，另一面是系统呼啸着用一整套流畅的运作，将它梳理为可以识别的形式。这个想法简直神圣得让人安心。

7.7 但是在这个想法边缘游弋着一个与之相对的想法，就没那么让人安心了：万一，这**只是**一个在我屏幕上转动的圆环，

1. 拉丁语。

其他什么都不是，怎么办？万一，那个输送链，那个慷慨的源泉，它枯涸了，或者从一开始就没有连接起来，那怎么办呢？每次当我允许这种想法占据我的头脑，那种被福祉洗刷的极乐之感就变成了恐惧。如果我是在看一个视频，那么在屏幕的下方就有一根线，一根慢慢自己填充起来的横条——会填充两次：一次是醒目的红色，一次是稍稍领先的浅灰色；浅灰色一旦让红色（以及那个指示着你看到了哪个点的光标）赶上，缓冲就开始了。就像我盯着圆环出了神一样，我又忘我地注视着这根横条，并收获了一个小小的启示：我眼前的不是别的东西，而**其实**正是时间和记忆，而且是它们剥去了一切修饰的骨架。不是我们电脑的时间和记忆，而是我们自己的；这是时间和记忆的结构。我们需要经验领先于我们对经验的**认知**，不管那领先有多微弱——或许这只是因为前者必须由后者去领会，由后者（用佩曼的话说）去向他人叙述，向自我叙述，也正是出于这个目的，前者必须为后者持续提供未加整理的新鲜感触和事件。但当那个叙述的光标一把逮住了那个给予的进度点，当事件和情境填充得不够快，不足以维系那份意识的时候，那不管它们有多少再生能力，都会被一张血盆大口吞没，任何意义都再无法汇聚和形成，这时我们就发现自己被堵住了，处在一种进退维谷的半死状态之中：经验和对经验的认知再不为我们所享。一切都成了缓冲，缓冲也替代了一切。这个启示让我高兴起来。我决定建一个关于“缓冲”的卷宗。

7.8 勃洛尼斯拉夫 · 马林诺夫斯基，现代人类学之父，说：

记下一切。这是他的**最高指示**。你永远不知道（他的理论是这样）最后哪些会是重要的，哪些要扔掉；所以要捕捉一切，把一切都转换成数据。我曾经虔诚地遵循着这条指示：不管是在我做学生的时候，还是为泡吧那本书做调查的阶段，后来也一直在坚持。当时我每天晚上会把现场做的笔记打出来，或者第二天一起床就补上：前一天的所有遭遇我都会详细记录下来——越琐碎记得越详细；描绘我对其中所涉人物和地点的印象；写出我对那些情境的色彩和意味的初始评判。当佩曼用他深具远见卓识的模糊言辞，把书写**大报告**这个宏大的、划时代的重大使命交给我的时候，我所遇到的所有事物、经历的所有事件都因为可能成为报告的一部分而获得了更多的潜在能量，也随之闪光和颤动起来。但似乎与之矛盾的，是与此同时我的记录却少了起来。这不是我不够努力——完全不是。这是佩曼的思维方式造就的。很明显，他要的不是一份常规的人种志学术报告，只配和其他报告堆在一起积灰，或者是积网络灰尘：他想要一个不一样的、出人意料的东西，最关键的，是这样东西要**新**。它会自己成形的，他说，这件事我完全交给你。这正是激动人心之处：他给我的职责是抛开所有人种志研究的既定方法，走岔路，甚至走出地图之外，只要我愿意，再如何激进或实验都可以。百无禁忌。可不可能……？可不可能不是由**它**找到自己的形态，而是这个时代用千姿百态和万管齐下的种种化身，会找到**它**，塑造**它**？可不可能这个时代、这个纪元的影响是如此直接和强大，所以**它**就消失了，只留下一个“世界的形状”、“纪元的模型”？这样的想法开始出现在我头脑中。让我激动起来。在这些模糊的想法之下，我的确感受到有什么正在成形——它很重要、很美，而且不可阻挡。

7.9 加入公司的几个月之后，也是我们拿下工程合同大概半年之前，正是这些想法还很激烈的时候，一天夜里我在酒吧和一个女子喝酒——只是一个偶然间聊起天来的陌生人。聊到某个时刻，她正说着的话我突然听不见了，而是注意起她放在自己周围的物件：一包香烟、一个塑料打火机、一张折了角的旅游卡[1]、一把车钥匙，就在她面前的锌皮吧台上摊开，如同打牌一般基本呈扇形。和很多单身女子一样，她在这种情境中用这些物件在她周围制造了一个缓冲区，它们同时指明和掩藏了她的生活方式、她的个性，而且，或许更为重要的，还有她对搭讪者的开放状态。我给她点了一杯酒；啤酒沫从杯口溢出来，淌在桌面上，一条条细流浸湿了那些物件的边缘，同时把它们连接了起来。以前我可能会在心里做不少笔记，然后按照马林诺夫斯基的指点，把它们一一写下来，之后再用语义学进行分析，让它们展现另一层面的内容（车钥匙上有张图片，是一个发型夸张的外星公主，应该还是默片时期莉亚公主[2]的前身或原型），现在我只是看着它们，让我的视线变得模糊、湿润，思绪也迷失在这些物件之中。

7.10 就在那时，我感到一阵轻柔的骚动，那是一种顿悟，一种“可不可能”穿透了我全身。可不可能……？可不可能与我面前的这个人、这些物件**共存**，让我的边界消解在他们中间，占

1. 预付了一定金额在规定时间内可自由乘坐汽车或火车的交通卡。
2. 星球大战中的主要人物，奥德朗星球的公主，路克·天行者的双胞胎妹妹，发型颇有特色。

据这个时刻，或者更切题的，让这个时刻占据**我**，让它浸润我，让我变得模糊，而不是只把它作为发送给我的数据，只等我稍后保存起来——可不可能这一切，或许，都是**大报告**的一部分？这份**报告**或许不是写出来的，而是用某种方式活出来的，**存在**出来的？我没有和那个姑娘回家，这个空洞的、轻浮的、“在遥远的星系里有一位公主”的姑娘，事实上，我后来就再也没有见过她——但这些都不重要。就像佩曼说的，**如闪电划破天空**。就在我和她喝酒的那些时间里，也在我离开酒吧之时，以及随后的几天，甚至几周里，一个新的专业，新的领域，人类学体验的一个全新的**分支**在我面前绽放开来，如闪电般耀眼，它所有的片断都带着光芒疯狂舞动，慢慢落到自己的位置中去，最后必然会构成一个稳定的、有意义的图形。而在这个新的人类学**分支**中，它的创建者不再是马林诺夫斯基，而是我。可不可能……？在我的遐思中，未来的人类学家念叨着我的名字——不妨称他们为 U 学家吧——不用为了拆解某个姿态的意义，再把事件已经死亡的内部构造像卷轴一般展开了，他们会在事件**展开**的同时将自己——天真地、欢快地，而且最关键是要**即时地**——置身于事件**内部**，他们的“从内参与”会在每个时刻，**从**每个时刻中展露其实质，从而改造生活，就像一个豆荚，它会膨胀到裂开，产出意义，散播到世界每个角落……**大报告**于是不会“即将到来”，不会“已经完成”，不会“成为过去”：它的一切都会是**现在**。现在进行式的人类学；人类学作为一种生活。就是这个名字了：**现在进行式人类学**™；这是一种沐浴在现场、在当下的人类学——就好像跳入了一口汩汩作响的、满是仙子的瑶池。

7.11 只是……只是……只是。**大报告**终究还是要做出来的。那是说定了的事情，不仅仅是跟佩曼，也是跟这个时代。即使它可以不遵从过往任何的人类学模型，但它终究要以某种方式找到一种形态。说到底就是形态的问题。我能想出一个怎样变化、流淌的合成物，才配得上这个任务？它应该栖身于哪种或哪几种媒介中？它是否应该讲一个故事？如果要讲，那么它是个关于什么的故事，怎么讲，讲给谁听？如果不是讲故事，那它又该如何合为一体，贯穿着怎样的脉络？我墙上的这些照片，那些速写、涂鸦、随想，我硬盘上藏着的所有东西，那些音频和别人的日记——我要如何把这些次要材料量化、抽干、丢弃，成为这个故事——或非故事——的重要角色？在这一切之上，我们正在经历的生活要如何从现场调查变化成作品，或者说是独一无二的作品？我得承认，想到这里，即使按照佩曼的标准来衡量，我的思路也有些模糊了。可不可能……？我想象着一些隐秘的微型机构，它们由新人种志学的特工组成，正依照策略规划有条不紊地展开行动，比如六十年代的某些概念艺术家几乎整个创作生涯都在跟踪陌生人，一跟就是几个小时，再触发些不同寻常的事件、特定的情境（比如晕倒，更确切地说只是假装晕倒，或者躺倒在一条车水马龙的大街上，或者说在咖啡馆里假装吵一架）……像这种东西，或者此类做法，能否被运用到当代生活中去呢？然后，像这样的**现在进行式人类学**™，它能否以某种方式移交、传递给合作者，甚至由他们复制？而且当他们明白了其中的道理，是否就在那个瞬间，它就被记录、整理、归档了？……难道**这**就是我要做的事？……它又如何实现呢？……我试图想象那些新人种志学特工，他们所构成的组织、“分会”，就像那些摩托党和间谍一样，每个人都训练有素，掌握一系列的行事规则和号令，一个暗号就重复引发或恢复他们的种种行动……随后还会有各种各样的典礼和仪式——会不会**那些**才是**大报告**……？这个新的**分支**，会不会像孕育在大都市地底迷宫中的一个神秘教派，终有一天，每一句咒语都会让它生长、搏动、势不可挡——直到，没错，它会如**闪电划破天空**：从隐身之所喷薄而出，飞升，随着它毫无保留、无所顾忌地彰显出自己，它的**教堂**也建立起来？然后世界将改头换面；人人奔走相告，群情沸腾：我似乎已经看到诺贝尔奖的晚宴，游行时从高楼上抛下的纸带，以及街头载歌载舞的百姓。但是——关键在这里：即使在我幻想最不着边际的时候，在那铺天盖地的香槟、彩旗和飞舞的鲜艳纸片中，每次都回到那个清醒的起点——要让这些成为现实，要开启这整个流程，首先，不管用什么办法，要把**大报告**做出来。

7.12 之前用的碘没起作用，又碰到佩特的时候他说，所以他们在试验一种新的策略。是吗？我问。什么策略？这么说吧，他告诉我，他们从我身上取了一些癌细胞，送到了一个实验室，把它们和蜂蜜、百里香、迷迭香和蜂鸟的汗液，还有其他很多乱七八糟的自然物质混合起来。这些细胞都有自己独特的结构，和其他结构接触时会发生某种反应——可能某一次某组细胞就能中和某种结构，把它消灭。要是他们能找到可以消灭我那些癌细胞的结构，那就好办了。他们还不知道哪种细胞结构能对付你吗？我问。不知道，他回答，他们还在摸索：目前还是在碰运气。你就只能把你的细胞和其中一种配对，朝前走，接受夹道鞭挞[1]，谁知道呢，或许真能找到一对可以配起来的。实验室在希腊，他说。希腊？我问。对啊，他答道，希腊。怎么啦？他停顿了一下，我花了几秒钟想象了一下那个希腊的实验室。我头脑中的画面本来很清晰，但就在我看着这个实验室的同时，它充满科学气息的现代化环境一点点在剥落，变化成一个古老的洞室，里面都是祭祀宰杀的牺牲，身穿白袍的仪式执行者正朝无数大大小小的瓮中供奉鲜血和生肉。在这些祭祀者的上方，隔着缭绕的烟雾和水气，是众神坐在长条的木桌周围，桌子中心放着一本奇厚无比的大书，里面可以查得到所有的结构和配对。那些奠酒，那些吁请就是给这些神的，给这个奥林匹斯山委员会——企望他们能用无限的同情、智慧和善心，做一件只有他们能做的事：找到那个条目，等底下那些恭顺的、蒙受苦难的凡人找到配方，发送“乒！”的一声天籁。佩特又开始说话了，他的语句飘浮在这个场面之上，像是画外音。值得一试，他说道。

7.13 既然聊到幻象和画面：随着时间推移，我心目中工程的样子也变了；它不再是那个巴洛克式浮华繁复的建筑。高塔和宫殿都不见了——或许说它们被夷平了更形象，那些阳台和拱梁，那些托臂、飞檐、尖塔和所有这些像是婚庆蛋糕的装饰物都被压路机碾得没了过往的痕迹。而取代它们的第二代想象紧凑、流畅，只有一个黑色的盒子。它可能还是出现在沙漠里，或许是一块高

---

1. 指一种刑法，一般被认为有罪之人会从两队抽打他的士兵中间走过。

地上——一片高出周围的平原，它可能像帕特农神庙一样，俯瞰着一座城市，又或者（出于战略考虑）远离任何聚居地，但依然连接着一个或一组城市，而且对它们施加着强大的影响力。但有时候，这个代表了 Koob-Sassen 的盒子似乎只是放在了某个行政大楼的架子上。或许之前的高原还不够准确，应该说它可能放在某种平面上[1]：都是两个几何形状的上下叠加。它的大小也远未弄清；在这些幻象中，要分清大小远近谈何容易。有时它大得出奇，像是帝王的陵墓；有时候它也不过是旅行箱或棺材的大小；还有另外一些时候，它们甚至小得像是孩子的玩具或音乐盒。但它唯一恒定不改的特质，就是它是黑色的，而且光线无法穿透，像个谜。

1. 平面（plane）和平原（plain）字形相近，发音相同。

8

8.1 在这些幻象如同鬼魂般轮番显形的同时，它们背后似乎还有一个画面：一顶被割断的降落伞，如同一只水母或章鱼一般漂浮在我脑海中浑浊的水里——半球形的顶，绳子像是柔软的触角一般向下随着微风漫不经心地扭动着。降落伞的意象对我而言是一份平静：没有愤怒和执着的牵引，没有拖、拉、扯、拽，没有压力——只是一群了无牵挂的绳子快活地感受着风。当它和下方那个飞快坠落着的人相比照，那份平静、慵懒之感就更为显著了。跳伞员很自然地会向上看，看到那顶伞百无聊赖地晃荡在天空中，没有负担、不为所动——就像它终于甩脱了自己所有的困扰，就好像不仅是这个跳伞者，而且是整个人类形象汇聚着的焦虑和紧张，终于和它无关了。思考这个画面的时候，我发现自己的关注点，我的认同感和随之而来的同情心，从那个微小的男人身上移开了，移到了他那个分离和展开的装备上。我为后者而感到高兴，祝贺它的解放和无忧无虑。降落伞，就其工作原理来说，就是要被它的主人粗暴对待的：先是被欺骗可以获得自由，然后马上被拽回到被奴役的状态中，满身的枷锁。但这一个却是实实在在地摆脱了束缚，抱着风飞往永远的、真正的自由。从此刻起，它的存在将会变得完整和美好。

8.2 接下来的那个周末，报纸上——我指的是传统意义上的大报——刊载了一篇长文，更深入地思考了这个事件。作者自己也是一个偶尔会跳伞的人。他讨论了这项运动背后的文化，说它普遍存在一种兄弟情谊。跳伞者，他告知读者，互相之间交往都很密切。这些人有一种感觉，他写道，就好像自己**是某个部落的成员**。这个词一下子跳了出来，原因自然不用赘言；读到此处我看了一下署名，以为我或许会认得这个作者。但是名字很陌生。我又想起了我的那些瓦努阿图人。在他们那个从高塔跳下的仪式里，我之前也提到过，树藤的长度让它不会半途就扯紧，而是要等人快落到地面的时候——最厉害的是树藤要在撞上地面的瞬间才会起作用，逗引死神张开大嘴，可能把跳跃者再往里送一秒钟，然后生生地从齿下把他夺出来。如果仪式要完成得没有缺憾，那么就在跳跃者被拽回的那一刻，他的肩膀应该划过地上的落叶和断枝，如同他在森林的土地上潇洒地留下了自己的签名。这个动作极为赏心悦目，我现在也意识到，正是这一下信手书写，或者称为涂鸦致意，可能比这个仪式的其他所有方面对我影响更大，让我想成为一个高塔纵跃者，或者人类学家，或者同时成为这两种人。

8.3 这篇文章一直提到“信念”。跳伞者的世界，从它一开始吸引其参与者，并让他逐级提升，其中“信念”始终扮演了一个重要的角色。他们必须要相信自己的指导员，相信他们的装备；

相信准备那些装备的工作人员；相信拉环、扣子和扣子的开关，相信帆布、绸缎和绳子。作者也写到，这种信念可以说完全没有宗教性和玄虚的成分，因为他们需要相信的每样东西都有确实的依据作为支撑：比如开伞索或者吊带弹簧的力学测算——当然，在更广阔的层面上，他们要相信物理是不会错的，那些阻力、拉扯强度的法则都绝对可靠。但是，他声称，这些细节也只能把跳伞者带到飞机上打开的那个大洞跟前，而把自己朝那个洞往下扔终究是违反本能的：用一句虽然老套可颇为应景的谚语来说，是你可以把马牵到水边，但没法逼它喝水。最后帮助跳伞者跨过那道坎、跃入未知的那一个激励，就是信念：相信所有这一切——这个无边无际、难以测算的整个体系——是**行得通**的，相信他们会被托住，会被拯救。但对于这个人来说，对于这个受害者，整个体系这块织物所有的线都散开了。这件事，而并非他的死，才是他所遭受的灾祸。人终有一死，这并没有什么不可收拾的，它的必然性并不破坏我们存在的结构。但信念不同，他曾把自己的生命寄托于信念的怀抱中，他多想在信念的口中听到一句轻声的肯定，证明自己或许真的活着——但要把这样毫无保留的绝对信念夺走，一定凶残至极。他一定会朝四周看，看到天空和大地，看到原野和地平线，看到把所有这些定位的横轴和纵轴，感受到加速和大气，其实不管我们是不是刚从飞机上跳出来，我们都悬置于这些元素之中——但是对于他，尽管这个场域的长宽高都在，但在那一刻却清空了所有的属性和价值。他曾经在一个无垠的圣水盂前祈祷，又像是重新受洗一样一次次浸身其中，但在一眨眼间（而且是瞳孔放大的眼睛），神性消失，意义无存。空间——在他纵身投入其中，穿越其中之时——却在后退，在闪避，在收缩，它的边缘毫发无伤，但空间本身却不停撤到某个零点，然后翻转成负空间。负世界，负天空，一切都变成负的：那个跳伞者进入的就是这样一个领域。这是否就意味着他以某种方式掉进了另一个世界，另一个天空？一个更丰厚、更饱满、更张开怀抱的世界和天空？恐怕也不是。

8.4 为什么你的墙上全是降落伞的图片？塔皮奥那天突然来我办公室的时候问道。和工程有关，我跟他说；牵涉到它的总体……布局。哦，是吗？他用他机器人一般的声音说道。是的，我重复道：它有很多线索，这些线索会汇合；在它们之上还有一个覆盖一切的屋顶——或者，可以称之为“膜”、“皮肤”。渐渐我聊得兴起，继续说道，这整个东西的能量不是来自某种内部的引擎，因为它根本就没有，而是来自它的结构，因为它……架构自己的方式，让周围的一切穿过它的时候会产生动能，在这个例子中就是降落伞周围的空气。我明白了，塔皮奥说；他仔细地看着那些图片和文字，以及那些连接它们的线条，他看了很久，头脑中的各种装置为了处理这些讯息也嗡嗡地运转起来。其中的关键在于，我告诉他，降落伞（不像风车）运转时没有一个固定的地点，而是处在一个从 A 点（飞机）到 B 点（原定的落地方位）的**移动**过程中；虽然这两个地点对于降落伞本身的运作是对立的——或者至少说它们并不在降落伞工作的范围之内：一旦到达了地面位置，降落伞就丧失了自己的功能，就像在跳出机舱之前，降落伞也不会被动用一样。这么说吧，我继续解释，工程也是一个道理：它必须被理解成一种永恒的迁移，而不是到达——它不会是一个点，而是两点间的过程。我一通瞎扯的时候，塔皮奥不住地点头。是我骗了他吗？其实在说的时候，我自己也难以辨别真假。

8.5 Le Dupe.[1]《忧郁的热带》中有一段，列维-斯特劳斯描述他遇到了一个还不知道书写为何物的部落。酋长为了维护自己的崇高地位，拿过列维-斯特劳斯的便签簿就涂鸦起来，算准了他的臣民分辨不出真伪：他们会相信酋长对这项技艺是驾轻就熟的。在我给客户编纂卷宗的时候，我时常想到这个情节。在问询我的讯息提供人时，我还会想到《忧郁的热带》后面的一个小段落，又涉及到了“欺骗”这个话题。我的偶像之前访问了无数不够“奇怪”的部落——这些部落只要经过解读，就什么神秘之处都没有了——沿河溯游而上，经过了很久，下船之后他终于发现自己到了一个部落，太**他妈**奇怪了，他完全看不明白。这也让他非常恼火：不可理解和太过无趣是一样糟糕的——前者只是后者翻个身而已。但或许——只是**或许**——他琢磨着，在一个对象被彻底理解从而剥夺全部魅力（这是一方面）和无一处看得明白（这是另一方面）之间，可能存在一些“模棱两可的例子”，恰好达到了**正确**的平衡。这些例子，他说，是天赐之物，提供了我们存在的原因和理由。可难道这些例子（他问）就不可能也是欺骗吗？观察只深入到可否理解的那个交界上，便止步不前，迷惑由此而生，那这时谁才是真正的受骗之人呢？就好像这时候列维-斯特劳斯自己成了那个握着笔、赌一

1. 法语：受骗的人。

把的骗人酋长。他的臣民——也就是读者——他想到，会上当吗？再者，难道真正上当的人是他自己？——但他说的也是**我们**所有人——nous[1]，他写道——我们有种叫做**残余**的东西，维持我们的虚荣，也维持我们本身的运转，只要不把它清除，我们就会被诱骗到这样一种永远无法满足的境地中去。

8.6 瓦努阿图人有另一个标志性的习俗：**货物膜拜**。它和**高塔坠落**不同，后者已经流传了很多个世纪，但**货物膜拜**的起源很近。二战期间，美国人为了对抗日本海军，征用了岛上的一些土地，建了一些临时机场。载货飞机不停地降落在这里，卸下来的不仅仅是军用设备，还有大大小小的日常物件——炊具、冰箱、罐装食品，和一整套长期居留所必需的商品和装置。土著人看到地勤人员摇动着乒乓拍就把那些钢铁巨兽降服了；看着它们在铲车和充气平台的帮助下，从大肚子里吐出无尽的宝物；看着转动的雷达信标台不断从空空的天上变出这样的巨兽；听到从控制塔的窗里飘出的讯息遨游在一片静电噪声的海洋里。对他们来说，所有这些都是繁复的仪式，而这种仪式的结果不但可见，而且诱人。在热带的气候里谁不想要个冰箱呢？搜寻食物和打猎那么艰辛，谁不喜欢打开就能吃的罐头呢？战争结束之后，美国人撤走了，拆除了所有的天线杆和跑道，打包好了他们的冰箱、洗衣机、唱机和广播，又消失在了天空之中，就跟他们当初出现时一样。瓦努阿图人发现生活中所有西方的精巧装置都不见了，但他们已

1．法语：我们。

经学会了那些仪式，并从中获得慰藉。就像人类学家一样，他们仔细观察了那套挥拍的动作，记住了军礼的各个步骤，抄下了高塔向飞行员发出的经文，等等。手法和符码都有了。接下来的几个月、几年、几十年，他们都在用席子铺出新的跑道，用轻木和竹子建起带有信号台和天线的高塔，做了乒乓拍和铲车。通过旋转、挥舞，或是用某种方法摆弄这些东西，他们演绎、复制着那些仪式，试图也召唤出那些载着宝物的飞机。他们的逻辑是这样：只要我们不断重复，飞机一定会来的。可能不是马上，不是下个星期或者下个月——但总有一天，它们一定会来的。

8.7 最早报道这些货物膜拜的人类学家对待它们的态度是既觉得有趣，又很想嘲讽，而说到这些仪式的名称，则更需要畅怀大笑一番。这些土著用了（他们希望）会第一个回归的使者的名字，只要这个人出现，就会开启又一轮物质富足的时代，这个人的名字叫做：约翰 · 弗洛姆。人类志学家通过采访稍微年长一些的岛民，确定这个名字来自美军占岛的鼎盛时期，一个普通的货物搬运工和球拍挥舞者，他只是称自己为“美国来的约翰”[1]，而瓦努阿图人用土语把这个名字缩略成了“约翰 · 弗洛姆”。可是当第二拨人类志学家到了岛上，又做了新的调查和研究，这时他们再回头审视前人的成果，就察觉出其中有殖民主义的傲慢，加以批判。还不止这样：说起灰尘和梁木[2]，他们说我们真没有什么好得意的。

---

1. John from America，约翰可泛指某男子，岛民误将介词“来自”（from）听成了名字的一部分。
2. 《圣经·马太福音》里，耶稣告诫：“你们不要论断人，免得你们被论断。……为什么看见你弟兄眼中有灰尘，却不想自己眼中有梁木呢？”

西方难道不也一直在等待天空中某人的回归吗？而且等了还不止五十年？我们不也有自己的拿撒勒人约翰·弗洛姆吗？而且对弥赛亚降临的信念也不只是基督教才有。我一向有这种感觉，就是我们的社会机制——经济、社会政策、民间秩序——没有内爆，没有将我们掷入奸淫掳掠、万物俱焚的深渊，全靠一个念头束缚着，靠它控制、校正，而这个念头就是**未来**。而人类也就是目不转睛地盯着远远浮在地平线上的这个幻影，才被赶进了必要的轨道，压抑住那些想要翻天覆地的念头。不用说，**公司**的每个任务、每个提案，都要召唤**未来**，或者说要朝它屈身致意，像解释社交媒体如何会成为新的新闻巨头，郊区怎样会成为城镇中心，或者新的经济体如何超越对手，径直投身于“后数码阶段”——用**未来**给这些设想和判断盖上“确认属实”的印章，或只是把它们简简单单地放在**未来**的范畴里，就可以让它们变得绝对和客观：我们就是这样拿下一个个合同的。就像佩曼说的，一切都是虚构——而**未来**是其中最为扯淡的一种。

8.8 他们没找到配对，我和佩特碰面时他说。谁没找到？我问。那些希腊人，他说，那个实验室。真扫兴，我说。就说啊，他回道，他妈的蜂鸟一点用也没有。不过，还不算完，他们没有放弃。怎么说呢？我问。橙汁，他告诉我。我的那些细胞接触雅法橙提取液的时候，抽搐还是蜷缩了一下，总之做了个什么动作。还不足以把它们摧毁，但足以让那些人想要尝试用橙汁把那些坏东西都冲走。冲走？我重复着。这要怎么冲呢？他们把那玩意儿注射到我的血管里，佩特说。他们要把你身体里打满橙汁？我问。

不是随便什么橙汁都可以的，他说，必须是雅法橙，从以色列、黎巴嫩，或者巴勒斯坦的加沙，圣地，反正就是那块地方，不管你怎么称呼它。我得走了，他接着说道，话音未落就离开了；但他身体里充满中东橙汁的意象接下来几天里一直缠绕着我。曾经是希腊洞穴和神殿的地方，现在我的幻想里看到的是燥热到干裂的山坡，上面种着几片橘子林。但风景之中却全然没有乡野田园的情致，坡上插满了炮台和观察哨，旁边所有村子都在它们的视野和射程之内。橘子林还用墙围住，甚至被墙分隔，这些墙也不是用历史悠久的山石垒起来的，全是丑陋的现代水泥墙，墙头还有刺铁丝网。在它们和村子下方，不管朝哪个方向看，山谷都望不到尽头；而山谷中有油井在燃烧，烟云遮天蔽日——掩过山坡时，也染黑了橘林，黑乎乎地粘在树皮、树叶和水果之上。当这样的场景出现在我脑海中，当我想象着那样的憎恶和粗暴、那样纯粹的黑被注入佩特的身体，我知道——只是一种直觉，但同时也确信无疑——他已经救不回来了。

8.9 我和佩特见面的第二天是个周六。早上起来，日程表是空的，也没有宿醉，我坐到桌前，打算给**大报告**筹划个草案出来。是时候了，我跟自己说：该认真开始了。倒也不是要启动**报告本身**，而是制定个概要，起草几段绪论、开场白之类的。我在桌子前坐定。这是张好桌子；花了我不少钱。优雅的柚木桌身，深蓝色的桌面是牛皮做的，中间有块书写板。那个周六，我清理了桌面；这场行动是彻底而决绝的：没有一样东西可以留下；包括所有的笔记本、订书机、笔座、纸片；电话、时钟（特别是这个钟）；

橡皮和镇纸——总之就是桌上的一切。清理之后我开始清洁，用抹布蘸了特制的去垢剂擦拭牛皮，这种去垢剂是我买桌子的时候一起买的。终有一天，我对我自己说，我要好好地、彻底地清洁它，把它变成一块 tabula rasa[1]，让我在此写出一部影响深远的伟大作品。我当时的想法没有错，那个“终有”的一天就是现在。清洁之后我用茶巾吸干。桌面太干净了，几乎在发光——虽然皮革的材质比较暗沉，抑制了光泽，但却把光埋进了桌面之中，让后者有种跃跃欲试的急迫感，似乎拥有更大的潜能可以借给手上的任务。它释放的气味仿佛来自于大自然，就像草坪或牧场上的长草刚刚割完一般。坐在这样的桌边，我看着窗外的天空。天也是蓝的——偶见几缕白云之外，蓝得很明朗。我调整了自己的角度，让脸正对着最大的一片没有干扰的天空，然后调整姿势，将自己与桌面对齐，让桌上的边缘和界线正好与我的目光平行或垂直。我坐了很久，交替享受着两个空旷的空间：桌面、天空、桌面。时候是真到了。

8.10 我的窗对着一个公共花园，方方正正的，里面嵌着一面方形的池塘。有时邻居出门就会从花园穿过去。有一家生了两个小女孩，其中一个岁数更小的，几周之前从池上的水泥踏脚石之间掉了下去，我便出去把她救了上来。她的父母第二天带了些花来谢我。这小姑娘本来也不会淹死的：池塘水不深，而且我这位准英雄现身之后没过几秒她母亲也赶到了。但不管怎么样，他们

---

1. 拉丁语：白板；一种哲学概念，主张人生来如白纸一张，所有知识都来自于后天的外界影响。

感激我，还奉上了花礼。今天这对父母带着他们的女儿穿过花园，去上芭蕾舞课，至少从那天被搭救的女孩和她姐姐的衣服上推断是这样。另一个邻居也走出来，腋下夹着一只小狗。她应该是不能养狗的：这个公寓禁狗。之前公司给她下达了一个书面禁令，好像她也没有理睬。我有两种情感，不知如何取舍：一方面是这个老女人保留着宠物，显示她不仅仅对我、也对其他邻居的一种傲慢和鄙夷，让我感到恼火；但另一方面又佩服她面对法律的压迫，违抗得寂寞而决绝。她算是反叛者，还是一个顽固的资产阶级个人主义者？我坐在柚木和牛皮的桌边，琢磨着这个问题。她的狗是一只吉娃娃——简直不能算是条狗，更像一只豚鼠或仓鼠。它的主人摇摇晃晃地穿过花园（她一年前有次小中风），狗放在了一个购物袋里，就像某个落魄的好莱坞明星。她走到看不见之后我的视线又回到了桌面上。过去了多少时间？我不知道，因为我把钟移走了。但时间的确过去了一些。我觉得饿了。我决定出去吃午饭，或者早中饭，或者早饭，不管你叫它什么。没有任何**报告**被启动，框架和纲要也没有建起来，但没有关系。我不要太勉强。已经有了宣言、清出了空间：足够了。

8.11 接下来的一周，我又去了一回丹尼尔的办公室。这一次我发现他在看的是穆斯林朝觐者在麦加一个巨大的清真寺里进行“哈吉”仪式[1]。几千个信徒——应该有几万——或跪或站，整齐地排成同心圆的队列。清真寺中心有个立方体，本身就像个不小

1. Hajj，穆斯林每年最大的聚会，伊斯兰教的“五功”之一；发生在伊斯兰历的12月8日到12日。

的建筑物[1]，当这些本来静止的队列朝它汇集时，人流就成了慢慢转动的漩涡。是你拍的吗？我问丹尼尔。不是，他说，我在网上找的。本来还有声音——祷告和音乐，但我关掉了。你知道这叫什么吗？他问我。不知道。Tawaf[2]，他说，绕行。他们绕着Kaaba逆时针移动。逆时针？我问道。为什么呢？我不知道，他说。跟天体有关：银河啊，行星啊，之类的——他们有些关于宇宙间运动的说法。我们又看了会儿视频。当朝圣者整齐划一地从跪姿换成站立的姿态，整个画面的质感也会改变。当靠近中心、他们开始绕行的时候，就成了旋转的彗星、围着蕊心的花瓣、流进排水孔的明亮的水。在最接近中心的地方，流畅的移动遇到了一些阻力，那是伸出的手接触立方体产生的摩擦，虽然触碰只是一瞬之间，马上会被下一只手取代。这个过程似乎可以自我延续、没有止境：当一个穿着白袍的静止队列被送进漩涡中之后，他们后面的一列就会推进到他们的位置，而之后的每一列也会完成同样的动作，直到人群的末尾正形成新的一列，而在他们之后还有更多的朝圣者，看不到头。那些手伸向花岗岩时充满了激情，甚至有种奋不顾身的感觉，而那些拼了命伸展的手臂，看它们的角度和紧绷的肌肉，都透露着渴望和狂热。我们一直看着，也和往常一样，谁也没有说话。

8.12 那天晚上，我再一次坐下来构想我那份**大报告**的框架。之前桌面上清出的空间依然还在，没有受到丝毫的污染和侵

---

1. 指天房（即后文的Ka'ba），即麦加大清真寺广场中央供有神圣黑石的方形石殿。
2. 阿拉伯语，字面意思即“环绕”，伊斯兰教朝圣仪式的一种。

蚀——除了一只死掉的小飞蛾，尸体就落在那里，一定也是它信赖的不管什么降落伞出了问题。我挥手把它扫走，桌上的空间又回到了原始、完美、空无的状态。我检视着皮革，闻着清洁液和青草刚被割完时的芬芳，念出了这两个字：tabula rasa。仅仅是坐在它之前、之上，就让我觉得有无限的可能。我想象着自己是一个实业家，看着森林中他的工厂马上会建起来的一片空地；或者是一个城市规划师，要求我从 carte blanche[1] 设计出一个宏伟的大都会；或者是一个数学家，研究拓扑学或三角学，思考着最纯粹和抽象的空间；或者是一个久远世纪中探索海洋、征服世界的探险者，站在他的船头，看着他未来的领地升出地平线：这片处女地他将据为己有，并完全塑造成自己心目中的样子。先把笔记本电脑放在桌面中心——是精确的几何中心，然后打开一个新文件，把边框拖到整个窗口，将屏幕完全覆盖。可是，正当窗口下方接近屏幕边缘的时候，我的手指一时间离开了触摸板，放回去的时候，下方本来隐藏的应用栏弹了出来，屏幕和我的头脑原本毫无倾向的状态受到了侵犯。想再把它隐藏起来，我不小心点中了最小化的新闻页面；它从盒中滑出，一边上升一边展开，就像一个包藏祸心的精灵，占据了屏幕——一瞬间，那些我煞费苦心清除的外部垃圾和世界的碎屑，像洪水般涌进了这个干净的空间，将它完全摧毁。

8.13 刚刚打开的页面上有关于石油泄漏的新新闻——就是

---

1. 法语：白纸。基本和tabula rasa同义，但后者更侧重于接受一切概念的心态。

之前的那个，过去好几个星期一直有新的发展。之前专家、环保主义者、石油公司自己最害怕的事情，他们预估的最坏局面，已经发生了：泄漏的石油已经到达了大陆。海岸线上本来下了雪；还不止这样，它完全就被积雪覆盖了，可以说是裹在一条绵延厚实的大雪毯里。石油和雪接触时的情形，前者施加于后者所产生的影响，都被拍了下来，既有陆地上拍的特写，也有从飞机上拍的远景——但其实两种镜头里看到的是同一个效果。积雪似乎在吸收石油，就像一个口渴的人在喝水一样：先是把油吸走，然后在自己的体内传递，就像积雪之中有精妙的建筑结构，晶莹的冰粒子都是带着拱门、互相联通的房间，还有一连串的转运分送中心暗藏其中。我依然坐在桌前，低头看着笔记本电脑，看着屏幕上的图片，石油缓缓朝内陆扩散时，形成条纹，互相交织，我似乎看到墨水在污染纸面，字词在破坏一页无瑕的白纸。

9

9.1 再下一周，因为要在一个大会上发言，我飞到了法兰克福。新修的会场很炫目：椅子很高档，照明很舒服，到处可见大企业的标志。会场上发表的论文其实不能算真正的**论文**——更像是商业广告或是励志讲座，它们所提出的每一个“范式”都有最新的声光软件配合，让汇集于此的代表们都如痴如醉。这个会是邀请制的，受邀是一种荣誉，说明这个嘉宾已经跻身于世界一流的“范式提出人”行列。在机场接我的人拿的那张卡片上，我的名字既不是写的，也不是打印的，看着简直像是浮雕，然后他们把我送到了一家酒店，居然有两个桑拿浴室（一个是干的，芬兰风格；另一种是土耳其风格，湿的）。大会的主题——总算有这么一回！——不是**未来**；而是**当代**。但这更糟了。当然了，对这个话题我有过很多思考，像“光芒四射的当下”、“现在进行式的人类学”，等等。但所有这些东西，这些半成品的想法，我还没有准备好让它们见人啊。另外，我对这些想法的可行性最近也开始产生一些怀疑。这些疑问，我在会议开始前的几天想到，正是我可以发表的东西。在一个概念还没有发表之前，先发表对于这个概念的疑问，我觉得在学理上是颇为大胆的；可能反响会很不错。

9.2 每个人的发言时间只有十五分钟。其他与会者的每张PPT图片的切换与演讲的配合误差绝不会超过一秒，而他们谈起神经系统科学、基因组学、生物信息学这些时新的概念，激情澎湃得像在传教。轮到我的时候，我根本没有任何PPT和视频材料。我的第一句话就是：**当代**是个可疑的名称。我提出，或许要谈论一种现代性**流动的比例**更为恰当：我们的双脚分别踏在两个区域，一个是当下，而虽然它内含一个朝前的势头，却不断向后溜走成为过去，另一个是永远只能作为概念存在的未来，所以我们就身处在一个变换的空间里，而在这个空间中，现代性不过就是一条不断“过时”——或至少是成为历史——的信念。“时代”这个概念，我告知在场的听众，原先是个天文学的术语，意思是“视角”；之后才被用来把世界分割成固定的时期。这是一种误用，我说。因为没有足够的现实证据建立时期，于是就只能无限地细分下去，始终在无谓地就边界和定义争吵，我们应该回到“时代”过去的定义上，也就是把它作为一个观察事物的位置。从这个角度看，我继续说道——这是一个不断变换角度的角度，我们可以继续探究每一天、每一年、每一个十年带来的变化，以及它们互相之间的关系。但是（我总结道），要真正地理解这个问题，我们需要的不是一个当代的人类学，而是要把**当代**作为人类学的对象去研究。轰然一声巨响：我让我的学说登场了。演讲结束，会场一片沉寂，听众过了一会儿才意识到我说完了，零星地响起了礼节性的掌声。之后没有人找我探讨我的发言。那天晚上，在土耳其风格的“湿”桑拿里，我认出了另一个参加会议的代表。他也认出我来，但马上转开了脸，躲进了蒸汽之中。

9.3 在法兰克福的时候，我还去见了一个朋友，她正在管理法兰克福的人类学博物馆。他们有两幢房子，都是十九世纪的别墅：一幢用来给公众参观，另一幢是管理人员的工作空间。我们就是在第二幢别墅里她的办公室碰头的，她马上拿起了外套，说想带我去看看那些藏品。我当然以为她要带我去之前提到的第一幢建筑。但是她把我带到了她的车上，我们开了十到十五分钟，到了城市的工业区。经过集装箱列车的轨道时车子颠了两下，她说，我们到了。沿着她的目光，我看到一座巨大的地堡矗立在路边。我们停在建筑下方的一个停车位上，头顶有个巨大的拱门，下车之后，看到周围都是旧电路的残骸，庞大得像图腾柱一般：保险丝盒、稳压器、电容器、肋骨状的陶制绝缘体。克劳迪亚解释道，这个建筑曾经是用来摆放法兰克福交通系统的一个发射机应答器的；我们乘一部宽敞的无门电梯去四楼的时候，她指着一个隔栅模样的装置说，这是法拉第笼[1]。

9.4 我们沿着走廊向前走，周围是极为坚实且没有粉刷过的水泥墙，和建筑的外墙体一样，让我想到核电站有损伤时，他们为了阻挡辐射会在核变建筑外围浇的那层石灰石罩子。进了摆放藏品的房间，一面墙边排列着巨大的储物箱，箱底有滑轨，箱子上有轮盘把手，就像潜水艇和减压舱上用的那种。和这一排箱子平行的，是一排独立的陈列柜，从房间的一头一直延伸到另一头，每个抽屉上都有索引号码。房间的中间有一张长桌，像医院的停

1. 迈克尔·法拉第（Michael Faraday，1791—1867），英国物理学家和化学家。法拉第笼是一个由金属或者良导体形成的笼子，可以应用于屏蔽静电和保护带电工作的高压作业人员。

尸台。一个胖胖的男看守人，好像是从储物箱或陈列柜里钻出来的（我和克劳迪亚进来的时候并没有看到他），正往桌面上铺干净的棉纸，然后站在一边，一言不发地等待指令。

9.5 你想从哪里开始呢？克劳迪亚问，摇着手里的一串钥匙。什么意思？我回问道。我们这里有超过五万件藏品，她说。这边（她朝侧房间的一扇栅格铁门指了一指）是大洋洲；那边（和之前那面墙垂直的墙上也有一扇同样的门）是美洲；那里（她指着大洋洲对面墙上的第三扇铁门）是非洲——你选吧。不知道怎么选，我说：大洋洲吧。她挑出一把钥匙，带我走进了和刚才那间主室同样大的房间，这里也一个接一个地排着陈列柜，是木制的，更旧。透过展示玻璃，我看到里面堆着雕刻的鲸须、箭镞、头饰、盘子、小刀、面具。所有的物件上都直接用颜料写着编号——一般都写在底部，可是有些最小的物件，表面几乎就被数字覆盖了。克劳迪亚随便打开了一个陈列柜，一种让人难以承受的刺激气味从鼻孔沿着鼻梁一个劲地往上冲。是萘，看到我皱眉头之后她说。

9.6 她套上两只光滑的白手套，从陈列柜里折好的至少二十根编织腰带中取出一根。她打开的下一个陈列盒里有差不多数量的烟草盒。怎么这么多？我问。为什么不每样只收一两个呢？克劳迪亚刚开始解释的时候，听起来她好像是在说这些藏品大部分都来自1960年的大塞皮亚或者塞普迪克之行。什么之行？我问。塞皮克，她重复道。塞皮克是新几内亚的一条河。博物馆派了一支探险队沿河而上，收集物质文明素材，她说。河岸上只要遇见村落他们就停下来，而土著居民会卖给他们东西。消息一村接一村地传开了（她说）；接下来探险队每到一个村子，整个部落都会等在那里，所有家当都堆在岸边，像是在甩卖旧货一样。队伍买下的东西把他们的船和火车都装满了，大集装箱一个个全都塞到塞不下。其中的用意在于，比方说，你要从形态结构学的角度研究锅子：不同的村子甚至不同家庭之间的形状和纹饰是有变化的。这时候你就需要二十、五十、一百个锅子。而且，她补充道，过剩的藏品可以和欧洲的人类学博物馆交易，比如，我们用十个头枕换你两个图腾。当时占主导地位的想法是，你必须收集**一切**：要了解一种文明，一个锤子或者一把剪刀所能告诉你的事情不比一件神物少——它们会突然释放它们内部的秘密，像经书一样。

9.7 克劳迪亚停顿了一下；继续的时候，语调里有种奇异的悲凉。但后来，她说，一切都改变了。改变了？我问。你看，她说，从六十年代中期开始，重点就从物件上移开了：突然占统治地位的理念变成了你不用再去细看锅子和箭矢了——你要研究行为、信仰的规律：就是**你**这一派的人类学，U。她愤怒地别了我一眼。因为此时正和她关在这个地堡中，笼子的钥匙在她手里，我没有争辩。她把我的沉默当做愧疚，叹了一口气。她又说道，语气有点像在宽慰我，另外，我们欧洲人开始觉得掳走人家这么多东西本来就有点恶心。所以，她说，有点脏了的白手套朝房间内挥了一圈，现在我们的储藏室里就留下了这么些个破烂，恐怕永远也不会展示，甚至无法了解。比方说，她打开另一个陈列柜，拿出一个柳条编织的奇怪玩意儿，问我，你觉得这是干什么用的？雪鞋？我猜道。U，她说，这是从热带找来的。那么就是渔网，我又猜了一下。或许吧，她说。渔网、仪式上用的头盔、某种运动的拍子、烹调用具……谁知道呢？反正我们不知道。我们也不会知道了。甚至这里一半的东西我们都还没有登记。完全不知道该怎么处理它们。为什么不把它们归还给原来的主人呢？我问。也没用的，她否定得很干脆。那些部落的后人也不知道这个柳条玩意儿是干吗的；他们现在都用手机，喝可乐。另外，你要是遣返这些物品，六个月后肯定会发现它们出现在了拍卖场上——你还不如直接把它们送到收藏者在得克萨斯的牧场里呢。这比我们自己保管更糟。所以它们就只能堆在这儿了。一排排的陈列柜，她先往一头扫了一眼，然后又转过来朝另外一头望了望，我们站了一会儿，没有说话。有时候，她终于又开口了，我觉得我像是在《夺宝奇兵》的最后一幕，他们把神圣的文物藏在一个盒子里，跟仓库里的其他盒子都一模一样，而仓库也似乎延伸得没有尽头。或者是《公民凯恩》：一样的道理，只不过工艺品这一回是要被扔进火里。在这儿，她又举起白手套朝周围挥了挥，虽然现在手套已经很脏了，当然没有大火，但永被湮没的状态是没有差别的。而且从一开始，她补充道，声音压得极低，就像怕被偷听一样，我就隐约有个念头，挥之不去，觉得这其中有个物件——就一个——下面写着“玫瑰花蕾”[1]。

1. 电影《公民凯恩》的情节核心就是凯恩临死前说出的“玫瑰花蕾”，影片结尾观众知道这是凯恩幼年从父母身边被带走时，正在玩耍的雪橇的牌子。

9.8 离开“大洋洲”那个房间之前，克劳迪亚向我展示了一种巨大的木盘子，上面有几百颗红点和白点，似乎构成了某种图形。这些是从澳大利亚带来的，她说。那里的土著人做的。很神圣——不但神圣，而且神秘。这些圆点是某种密码，只有不超过五六个位高权重的长者才知道如何破译。至于年轻的族人，不要说如何破译，他们连看都不能看。这些盘子是一个人类学家在四十年代送来的，他是一个德国人，父亲是个马丁·路德教派的传教士，二十年代时把他的家人都带到那里去了。这位人类学家把它们带到法兰克福之后，克劳迪亚解释道，他就动手破译这些密码。成功了吗？我问。成功了，她说。看，她把我领到旁边的一个架子边，取出一本书，一直翻到有一页，上面画的盘子就跟她手里拿着的一样。相对的那一页上，有这些圆点的分解图，而图片下方的文字，我猜（这是一本德文书）解释或翻译了圆点所包含的意思。这，克劳迪亚说，就是**他们**的经书。那个部落最后一个知晓密码的土著还没来得及传授破译方法就去世了，他们派了一个代表团过来要看这本书。这对他们来说就像是作弊用的小抄。当时的场面很怪异：他们派了不少人过来，穿着隆重的衣服，走在法兰克福的大街小巷上。这些土著十分感激博物馆，她继续说道，只是，他们看过书之后，要求印出来的每一本都必须销毁。一共印了多少本？不多的，她说，并没有公开发售，可能就二十本左右吧。他们还上网想把所有书都买回来，却发现几乎每一本都在很难找到的图书馆里，或者像我们这样的博物馆。那这一本呢？我问。对方的要求你们是怎么回应的？后来就不了了之了，她说。而这些盘子，他们很坚决地要求我们一定不能展示出来。

甚至现在这样让你看都是不对的。事实上，作为一个女人，我连碰都不能碰。但你却把它拿在手里，我说。是啊，她说，我的确是拿在手里。

9.9 回到主室，克劳迪亚让那个安静的胖看守人从滑动的储物箱里取出了一个大型雕塑，放在中间的长桌上。我们正在观察的时候，麦迪逊打了我的手机。这么厚的水泥壁垒里怎么可能还会有信号？我问克劳迪亚。法拉第笼的钢铁发挥了天线的作用，她说。你在跟谁说话？麦迪逊问。我面前是一个图腾柱，我说。那种东西让我很有欲望，麦迪逊说。我低头看白色棉纸上摆着的雕塑。算是一种勇士—天神的形象，美工很浮夸，涂抹着黄色、黑色和猩红色的颜料，阴茎从腰部一直伸到下巴；脸上是一种猥亵的笑容。这就像解剖外星人，不是吗？克劳迪亚说；而麦迪逊在我耳朵里描绘着有杆子和野人参与的复杂的性爱场面。我听着她说话，开始勃起，裤子的面料（布耳牛仔[1]）也绷紧了。克劳迪亚没有注意，但那个不说话的看守人注意到了。

9.10 我们开车回博物馆的时候，互相交换了同届大学同学的消息。三分之一去了发展中国家，为非政府机构服务；另外三分之一像我一样，为企业效力；剩下的三分之一留在了校园里。克劳迪亚是唯一一个参与到**物质文明**——她再次使用了这个词——中的人。开到市中心，过一座桥的时候，我看到河的一侧

1. Denim-selvage，本来是老式织布机的一种缝纫方式，现在则成了高级牛仔面料的象征。

正在建起新的欧洲中央银行的总部；而在它的对岸，这座城市的博物馆排成一排，主题应有尽有：建筑、电影、自然史，等等——和之前看到的那座人类学博物馆一样，都设在别墅里。再远一些，几座教堂的尖塔不知怎么躲过了当时的空袭，从一片现代的玻璃和金属建筑间戳了出来。银行总部工地上的吊车中，有一架正在转动。吊车上负重的钢索是从一个盒子垂下来的，而这个盒子正在沿着吊车的摇臂滑动，而摇臂本身也正横向在空中扫过。盒子滑动的速度很快，而摇臂的摆动，以及我们的车速也都不慢。有那么一瞬间，虽然盒子正沿着摆动的摇臂飞驰，但看上去它似乎是静止的，好像定在了一小块空气之中。但只有在那座桥上一辆高速的汽车中才看得到。

9.11 在飞回伦敦的飞机上，不管是女乘务员递给我杯子，还是我从包装里拆出一个茶勺，或者是从我前面的椅背上翻下或折起托盘桌，在我头脑的空间里，一直回荡着“物质文明”这几个字，就像播放时卡住的一小段录音。我忍不住要把眼前的东西——这个桌子、这个茶勺、这个杯子——看做是部落中得来的物件。可以调整的空调风口、下拉式窗帘、尼龙搭扣的头枕套、呕吐袋、有人形标志的按钮等等，也都是一样。等我们都消失之后，外星人可能还会保存下几具尸体，时不时地拿出来摆在盖了棉纸的停尸桌上，但他们还会有一大桶一大桶这样的小东西，就存在充斥了萘气味的陈列柜里，每个抽屉里放上二十个，同时他们也会困惑这些玩意儿他妈的到底是派什么用场的。离开那个建筑之前，克劳迪亚和我还钻进其他两个房间看了看，那里收藏的是美洲和非洲的工艺品。差不多也一样塞得满满当当——鼓、手镯、腰布、Días de los Muertos[1] 的塑像——但是在第二个房间中，也就是非洲的那间，一个特别的藏品比其他所有东西都更吸引我的注意力。真要说的话，它甚至不能算是藏品，只是一团黑色的物质，橄榄球大小，什么形状也没有，节状、瘤状的突起胡乱地纠缠着。这是 caoutchouc[2]，克劳迪亚看我一直在盯着它，说道，就是橡胶，这是它原始的样子。现在，看着窗外圆滚滚的云朵，此时也有些脏了，我想到那块橡胶；还想到佩特的癌症；也再次想到了泄漏的石油。

1. 西班牙语：指墨西哥的亡灵节。此处指的应为骷髅塑像。
2. 法语：橡胶。

10

10.1 接下来的一周，我基本上都在头脑中打磨我**本该**在法兰克福做的发言。我们考虑一下，先生们，**石油泄漏**。把石油泄漏考虑成，考虑成一种功用，或者是 ____ 的象征。当我们，先生们，考虑……不对：考虑一下，那么（对了，**那么**，就像考虑的内容是顺理成章延续下来的一样——虽然之前并没有任何铺垫：我所提出的想法可以自证，让它无法反驳）——考虑一下，那么，**石油泄漏**。我所指的并不是一次特定的石油泄漏。任何时刻都有漏油在发生……在我的脑海中，那个高科技的会场变幻成了十九甚至十八世纪的礼堂：观众席很陡峭，座位是一排排木制长凳，上面坐着的只有鬓脚茂盛的男子，领子全都高高立起，烟斗和雪茄的烟雾与含糊的认同声掺在一起，让本来就弥漫着博学和年迈的空气更加浑浊——虽然投影仪还是通过无线网络连接着我食指上的感应器，动作传送只需毫秒……

10.2 漏油永远在发生，我会说。正因为这一点。所以说，先生们，所以说我们可以用单数，**这一次**漏油——这是一次正在延续的事件，只是它有分离的组成部分与时刻，不管它们的形状和变化无常（**变化无常**！这个词我得多低语几遍），相遇，融入一个淹没所有复数的连续体。**咔嚓**。请看，先生们，这是一个拖着长长的黑尾巴的油箱。**咔嚓**。这些都是被黑胶覆盖的岩石；而这张——**咔嚓**——是由聚氯乙烯镶边的海岸线。**咔嚓**。这是大自然穿起了她的情趣服装，她的橡胶紧身衣。**咔嚓**。这是在一块拉了隔离带的海滩上，这些人穿着防护服、戴着手套跑来跑去，好像犯罪现场的法医。**咔嚓**。这是一段视频文件：用手持摄影机在离海床几英寸的高度拍摄的一组镜头。当潜水员用另一只手捞起已经有些变硬的石油时，注意看它是如何伸展又合拢的。你能想见潜水员的表情吗？好了好了，你肯定可以的。当你还是孩童时，在糖果店橱窗外的人行道上，脚步突然定住时（一定是这样的吧？），表情就是那样的，因为你看到里面正在做太妃糖，那几乎无法摆弄的巨大糖块——先生们，我想问你们，哪个小孩可以吃得了那么大一块糖？——被机器拉扯时的扭动，那种无穷的变形，让你目不转睛。伸展、合拢，伸展、拍打。这是炼金术。形态的变化。物质文化。

10.3 只要没有要紧事，我都在加工这个假想中的讲演：比如，随处散步的时候，泡澡的时候，做爱后盯着麦迪逊家天花板的时候，或者两段正式工作的间歇瞪着办公室墙壁的时候——换句话说，我基本就没有空想其他事了。石油呢，先生们，要我说，是有恐水症的，它一碰到水就会退缩。这不是石油的一种个性或怪癖：只是它原初的特质，从最核心的层面定义了它，形成了它的胶束、烃和原子。油和水，就像那句老话说的，不能相融。所以，当我们观察这些元素会面的时候——看它们被互相引荐——欣赏它们被迫相遇的时候，我们正在目睹什么？你可能会说，我们眼前正上演着一场生态灾难，这是对工业社会的控诉，关于人类自大的寓言。或者你也可能更冷静地说，我们看到的是一场化学特性的演示。但在这些戏码之后，真相是什么。这些剧情，我们要**往下**看。在这些剧情之下，我要说，或者说在这些剧情之前，我们看到的——很简单（先生们）——就是差异。最纯粹的差异：差异本身的**准则**。一和零，P 和非 P[1]：油和水。在这些行为的背后，发出的所有这些指令，安排下去的所有这些战术背后——就像在生命的背后是聚合物化学结构无止境的序列——有一个源代码。这是所有人类学的基本前提。

10.4 在这些幻想的草稿中，我会停下来啜一口依云水，或者做一个类似的动作。与会代表一片寂静，等着我继续。我朝屏幕做个手势，再次提出那个充斥着屏幕的物质：**油**——然后，我会笑一下，手臂一扫，回来指着那个瓶子，说：**水**。这种戏剧化的手法完全将他们吸引住了，全场都在我的掌控之中。其中一个出现的地方，我会告诉他们，另一个就要离开。当我们碰到一片满是石油的大海时，这是漏油之后经常发生的场面——**咔嚓**——这样的一片海，虽然原先的功能和仪式依然在继续——流动、冲刷、翻卷成浪花，之类的——但它的主体已经变得黑暗和沉重，其实它已经完全不是海了。油已经驱逐了海，罢黜了它，把它送去流

1. 逻辑学术语。P：如果a成立，则b成立；则非P：如果a成立，则b不成立。

放，自己取而代之。这是一次 putsch[1]，一次 coup d'état[2]。我会再停顿一下，让这个比喻震慑全场。可是，我又必须要说（把这个比喻打开，让它成为一个完整的意象），这个篡位者保留了 ancien regime[3] 的基础设施，继续让原来的规章条例管辖它的节奏和活动。司法和立法部门判断了局势，已经决定——因为即使是矿物质，先生们，也表现出求生的本能——要完全配合新的行政部门：之前重力和运动的法则依旧有效；每一天、每一分钟的形式和规律都和之前如出一辙；对于很多臣子来说（那些靠集体辛劳制造出海流、漩涡和潮汐的低阶选民），完全找不出任何政变的迹象。即使他们知道，好像也并不介意；他们甚至欢迎政权更迭。为什么不高兴呢？这是一次进步啊。石油的黏稠度比水更高，密度更大，更充实——于是将后者的特质表现得更充分，展现大海壮丽的方式也更明晰，总之就是以某种方式提升了。这种方式更有诗意。而且是抒情诗：大海的壮丽比之前抒发得更酣畅淋漓得多。当你看着已经变成石油的海水浪涌滚滚、潮头拍岸，难道不像原先的整个过程正在播放慢镜头吗？就像一种高端的视频软件，可以捕捉、调节任何一个时刻的画面，不用打断或者暂停就表现出了海浪的优雅。和体育也能联系起来：你可以看到足球的回旋。球网的方格，爆发的涟漪。完美。

10.5 讲演进行到这里，大厅里每一回都有浪潮慢慢涌起，那是点头和低语转化成激动的喝彩声。我的身子倚上了讲台，乘

---

1. 德语：起义，暴动，政变。
2. 法语：政变。
3. 法语：旧制度。

势进入下一个句子。所以，先生们，我要说，海洋这整套多少年来让我们着迷的舞蹈，现在更分明了，更有气势了：它被增强了。当**增强**这个词一说出来，由众多嗓音构成的一声“说得好！”像一排飞溅着水沫的巨浪，从观众席向我涌来。我让这股巨浪从我身边冲刷过去，然后用我装备了无线网络的手指再次将浪尖推回去，继续说道：你们在受袭海滩上看到的这些动物也是一样——**咔嚓**——浸足了原油的海鸟，在岩石间变黑的潮水潭中迷茫地漂浮着；或者——**咔嚓**——在盖着黑油的大石头上坚毅地望着前方。剥夺了飞行的能力，无法行动，似乎像是按照某种仪式一般被羞辱（换了顺序之后，是否觉得传统的做法更加残忍了：居然先拔毛，再抹沥青！），顿时成了烈士——而且在这过程之中身上被赋予了所有悲剧英雄所具有的悲情和高贵。活着的庞贝人！石油戈耳戈[1]的俘虏！它们也一样被增强了——没有错，先生们，它们被**增强**了：这些鸟提高、升华成了不朽的自己，就像历史人物的雕像是他们更大、更好的版本一样。即使是它们歇脚的石头也变得更加崇高和重要，因为石头的形状被原油仔细地重新塑造了一遍，把它们从自己物质的边界向外推进了半厘米。你问任何一个雕塑家，他们都会告诉你：即使把最无趣的物件重塑，也是颂扬它，让它与自己正在浮现、显露的本质相符。石块是否真的发生了这样的变化？答案是肯定的，而且原油所发挥的作用也因为简单而更显得才华横溢：它让石块更具石性了。

1. 希腊神话中三个蛇发女怪之一，面貌可怕，人见之立即化为顽石。

10.6 讲到这个时候，礼堂后排会有一个落单的、怒气冲冲的身影高声喊起来：**可耻啊，先生！可耻！**气氛一下紧张起来：出现了一个异见者。我从眼镜上方打量他，看到他身边就是那只带轮子的登机包，我一下就认出他来了：就是那个在都灵机场里坐在我旁边的人——西装还穿着，领带已解开——用他最体面的欧洲混合口音抱怨这场对自然的破坏，痛斥我对它的美化。我？我会问他，并且很夸张地朝周围扫视，加强效果；**我在**“美化”它？先生们，容许我这样解释，朝我一排排拥挤的盟友张开我的双臂；难道不是**这个人**最早使用了那个名词——**悲剧**——吗？从几百个胸膛里发出的不约而同的欢呼声淹没了他的抗议：在转机等候厅的对话应该是无人不晓的；他们都知道我说的没错。是谁，我继续问道，掷出了第一块“美化”的石头？真相就是，这些人（在那个男人身后，是一个更大的团体：他们也来了，散布在会议楼周围的街道上，在这座城市的住宅中，也在其他的城市里，购买着来源对生态无损的产品，资助着动物园里的动物，或者其他类似的事情）——这些人的整个思维方式都是美学的产物。而且要说的话，他们那些还是糟糕的美学：充斥着误解和无知。他们讨厌石油泄漏，是因为它让海滩看起来“不对劲”了，一代代从神学家、浪漫诗人，到探险者、游客、电视观众那里流传下来的画面：神圣、纯粹、未受玷污，在此时戛然而止。庸俗，我告诉你们（这时我的拳头会砸在讲台上，很快地捶三下）：庸俗，庸俗，**庸俗**！而且大错特错：因为石油不是自然又是什么呢？有机化合物——动物、植物、矿物质——经过岩石的过滤，被这个星球的地壳分解和集中：还有比这更纯粹的东西吗？当石油泼溅在海岸线上，这是大地涌起，昭示自己：大自然隐藏的天性喷涌而出。那个造成这次喷涌的人——那个喝醉了的船长，疏忽失察的工程师或者粗心大意的安全员，或者，这些人后面的那个石油巨头，甚至，在他身后，还有一个面孔无法辨识的人，他和石油一样是个集合物，实体就是企业——**他**才应该被看做是真正的环保主义者：大自然更诚恳的中间人，更忠心的奴仆。这时欢呼声已经震耳欲聋；这场争论的胜负已经分明；而我的对手被驱逐出了大楼，一路遭受拳打脚踢，忍不住地抽泣。

10.7 礼堂里的氛围，到了这个时候——每次都一样——可谓是群情沸腾。当我们把可悲的诉苦者丢出去的时候，一个新的团体已经形成，依靠对真理和对石油泄漏的爱紧紧联系在一起。为了迎接这个时刻，我打开了另一个视频文件，拍的是几条死鱼在海床上凝结的石油里懒洋洋地晃动。这一幕的画面格外缓慢（丹尼尔已经将它调校出了最强烈的视觉效果），让人觉得安心、昏昏欲睡。看了视频之后我们都会像被催眠了，安静片刻；大家看，我会悄声说，看这些鱼的眼睛。他们是黑色的、不透明的。而且也理应如此：不是说眼睛是心灵的窗户吗？如果你把鱼剖开——鱼脏占卜术，大概是这个词……早先的称法应该就是……穿着狼皮的人，他们……如果你把这些鱼切开，你会看到肝、肾、鱼头和鱼心里都是石油。这对它们来说，已经是最亲密的物质——是它们依旧存活于世的东西。看这些温和的水流怎么把它们轻轻地推向一边，然后又摇向另外的方向。你可以看到这些鱼的身体似乎要和周围黑色的物质融为一体，又从其中分离出来：先是鱼肚、鱼鳃或是鱼尾的末端，呈现出一些奇怪、诡谲，似鱼非鱼的形状。这看上去难道不像它们正在进化周期中倒退进了前一个阶段吗——不仅是它们自己的进化，而且是整个宇宙的进化？难道不像是倒退在了某个变化的**过渡**阶段——所有的形态都可以任意取用？就像飞在空中的骰子，在轮盘赌的转盘边缘急速奔驰的小球：一切皆有可能！他们说，上帝做的第一件事，就是在水中结合与分隔。[1] 那么，这就是原初的行径正在重播——但神已不再，完全是物质的一时之念头在推动和导演着它。也正因为此，它变得更加神圣，先生们，因为它更加真实。自然是不讲道理的。自然是肮脏的。

10.8 我的十五分钟到了？我继续说道，在观众看不到的舞台侧方，我注意到组织者正着急地摆弄着手表和对讲机，而下一个发言的嘉宾站在他旁边，神情尴尬。相对于我所讲的内容来说，一刻钟，或者一个世纪，又算得了什么？难道石油的流动不正是时间的流逝吗：虽然缓慢，但趋势是无法回头的，在一连串重复的搏动中，朝终极海岸线推进？这一切赋予时间以形态，它包含了时间：未来，现在，过去。多少个世代（说出这个词，我停顿了一下，就好像某个轻盈的、即逝的平行宇宙出现，让我分了心，然后急忙甩甩手把它赶走）——多少个世代的史前史就寄存在这些汩汩流出的古生代[2] 物质中。有多少过往的埃迪卡拉生物群[3]、原始

---

1. 《圣经·创世记》:“起初，神创造天地。地是空虚混沌、渊面黑暗。神的灵运行于水面上。神说，要有光，就有了光。神看光是好的，就把光暗分开了。”
2. Paleozoic，距今2.5亿至5.4亿年，石油、煤炭和天然气形成于石炭纪，是古生代的一个阶段。
3. Ediacaran biota，或Vendian biota，一种神秘的管状或叶状的生物，生活在前寒武纪时代（5.4亿—6.4亿年前）。

的刺胞动物，它们混合了的尿石、粪石[1]和地道，他们的遗迹化石，都藏于其中？先生们，当你真心诚意地凝视这些石油，即使是最细小的一滴——用谦卑的、巨细靡遗的态度倾听它——你就让时间扩张出奥陶纪[2]和前寒武纪[3]的边界，直到它溢出所有可测量的限度。石油泄漏，是地球打开了它的档案。它会凝固成黑胶也不是偶然的，那些海滩上穿着防护服的人该做的不是把它们扫走，而是放一根针在上面的沟槽中，让它重新播放，再不断将声音调高：高些，再高些，让它呈几何级数增长，直到从海岸到平原到高山，从陆地到天空又回到海洋，回荡着每一条三叶虫的命运。谢谢。谢谢你们。我从讲台边退开，朝礼堂出口走去，但欢呼声是如此喧嚣，我不得不一次次回来鞠躬致意。与会代表冲上前来，打开了地址簿，或是举着名片伸长了手臂，他们人数太多，安保人员想阻挡却全然无济于事。谢谢，我会说。谢谢你们。再次感谢。我们到时在桑拿房见。就这样，又一个星期过去了。

1. Urolite和coprolite，即尿液和粪便形成的化石。
2. 5亿年至4.4亿年前，地球生物第二次大灭绝为石油形成储备了原料。
3. 自地球诞生到6亿年前，生物大繁荣之前，一般认为无法形成石油。

11

11.1 跳伞谋杀案有了让人震惊的新进展：警方（接下来一周的新闻页面这样告知读者）已经逮捕了死者的一位抬棺人。嫌疑人是受害者的朋友，而且那次跳伞他也是参与者。他们一直都是形影不离的；嫌疑人甚至是受害者的伴郎。在这个阶段媒体没有更多的细节可供披露：大概案件是在 sub judice[1] 阶段。但是在报道结尾却多挂了一个句子；这句话看上去只是例行公事，未带任何指向，但却让人产生丰富的联想。它宣称死者的遗孀——她本人也是个跳伞爱好者，“正在协助警方调查”。这其中所暗示的，自然是她与抬棺的伴郎是同谋——而且一个合理的推论即他俩是情人。一段从教堂升入空中的三角恋情！我在墙上标出了各种矢量：DP（死去的跳伞者）[2] 和 BM（伴郎）和 W（妻子）之间用线连接起来；然后它们又都分别连接着 H1（1 号跳伞装备）、H2、H3；而储藏室（SR）连接着 AP（飞机）；BR1（1 号卧室，即婚房）连接着 BR2（婚房所对应的偷情卧室）……这不只是一个三角：这是一个网络，区块、交点、邻边、盲点，互不相让，像无数线头同时展开又压缩、收拢在密闭的伞袋里；就像从打开的伞衣上延伸下来的绳索，这些连接线也都汇聚到我图表的基点——很自然地，那个点代表的不是爱，而是死亡。

11.2 去了一趟斯德哥尔摩之后，我对麦迪逊的一些小认知慢慢清晰起来，更明白了她头脑运作的方式。每次我一出国，她就打电话给我，声音里满是欲望和向往，命我火速回归，不得耽搁；可我每次真的在她身边，那些欲望和向往又都不见了。爱当然是做了，但即使那个时候她也让我感觉像是不在现场一般。每次我们亲热的时候，我都留意她的脸。每次那样的接触，大部分时间她的眼睛都是闭上的；然后当高潮来临时，它们会打开。但这也并不意味着她会看我，也没有看其他任何地方：当眼睑抬起时，她的眼珠也会随之向上滚动，直到眼睑停了，眼珠还不会止住；瞳仁中心的那两个充满智慧和色彩的小孔，本来你看到它们，想到的会是通往眼睛背后的孔隙，通往它们主人的生命本质之类的，现在已经完全被阻塞——只见到两小块凝胶，月亮般的瞳仁被皮肤盖得只剩下指甲盖那样的一小半。每次这种情形发生（其实每次都会发生），我就觉得自己被送回了都灵机场，回到了那个她的脸出现之后又半途被定住的笔记本屏幕上。表情是一样的。以至于我感觉自己进入的不再是**她**，而是**穿过**了她，到了另外那个时刻——那个漫长的、延伸的时刻，那无穷无尽的缓冲。而且我又会想到那块裹尸布，那个非耶稣形象翻起的眼睛；我还会想起麦迪逊说她 2001 年也曾经去过那个机场，而且还不愿回答当时去机场的缘由。这一堆联想一遍遍重复的结果就是，都灵、都灵—

1. 拉丁文：在审理中。
2. 此段中如此出现的代号均为括号中原来英文名称的首字母缩写。

卡塞勒机场慢慢有了些神圣的意味：这个机场，这个缓缓转动的轴心，这个荆棘王冠形状的延迟，对我来说，似乎构成了一个有神授迷局的场域。接近它，重复进入它，一次次穿过它的大门，我也会在不能动弹的那一阵震颤里变得迷离。

11.3 那个星期，在我隔壁的地下室里，丹尼尔看的是假扮的僵尸。那是一场游行，在他的墙上经过；僵尸们蹒跚地在街道中行进，头从一边晃到另一边，眼睛和麦迪逊以及视频里的鱼一样，是空洞的。里面有年轻人，有老人，还有孩子。有些穿着正装，有些穿着军装，有些穿着消防员的制服，还有夜礼服、运动服、睡衣。里面有护士、新婚夫妇、交通协管员、快餐店员工、滑板手、抱着僵尸婴儿的母亲、住院病人、小丑。其中一些假扮的僵尸还抱着假的人脑、心脏、四肢，每隔一段时间就啃上几口。维护秩序的人员穿着黄色的外套，也抹了些假血，让队伍保持在道路的一侧，避免他们妨碍交通。时不时还会见到骑着马的警察。假扮的僵尸蹒跚着经过办公楼和咖啡馆，穿过交叉路口、加油站的加油处、大桥、市民广场。这是哪个城市，我问丹尼尔。有什么区别呢？他回答道。现在什么地方都有僵尸游行了。

11.4 然后，经过四十八个小时的拘禁和审讯，那个抬棺的伴郎被释放了。警方没有指控他任何罪名，而且表明了他们现在不认为他需要为朋友的死承担任何责任。但警方又逮捕了俱乐部另一个成员替换他。这次的嫌疑人也和受害者、受害者的妻子熟识，最好的朋友之类的，但那次跳伞他没有参与；不过他有办法进入那个存放装备的房间。他们又拘留和审问了他两天——然后释放了他，没有指控任何罪名。接下来两周他们又出动了四次，但每次逮捕的人最后也都不带任何附件条款地无罪释放了。他们逮捕了俱乐部的秘书，然后是一个老资格的教练，然后是一个清洁工，最后是一个食堂的员工。最后逮捕行动终于停止，估计是再也找不到另外一双手臂可以让他们拍一副手铐上去了。然后他们转向自杀这条路，提出有没有可能是受害者自己破坏了降落伞。这条路证明也走不通：他们发现此人活得很幸福，从来没有表现出忧郁的倾向。在这之后，整件事安静下去了，新闻页面和报纸全都放弃了这个案件。为了填补我生命中的这个缺口，我把注意力转向加拿大、波兰、新西兰的跳伞疑云。媒体里似乎没有人注意到，或者说丝毫未加重视，这个事件以及它的变体，同时在三个不同的大陆发生了。这个发现也让我兴奋起来，因为只有我勾勒出了一系列变动串联成的轮廓，辨析出其中形态学的效用。虽然我之前用了“同时”，但这并不精确：海外的事件和英国这一起相比略微有些滞后，而且它们彼此之间也有时间差异。但不管怎样，每一个案例都有相似的一系列事件：先是一阵手忙脚乱的逮捕和猜测，等到所有线索都看不到希望之后，各种声音就慢慢消散了。

11.5　大报告。在《忧郁的热带》里，列维-斯特劳斯讲述了，在与南比克瓦拉人相处了三个月之后，因为没有任何逃脱的盼头（当时是雨季，河水暴涨，无法航行，所有他带来的奢侈之物——食物、红酒、罐装水、香烟——都消耗或者交易完了，衣服是潮的，正在发霉，整日听着漏水的墙壁和屋顶被雨点敲打出迟缓的、一成不变的节奏），他已经无聊得要灵魂出窍，受到某种“神志不清”的侵蚀——这种说法是他后来自己提出的，认为人类学家经常会有这样的危险，于是，他开始写作一部史诗大剧。一连六天，我的偶像从早写到晚，就写在他调查笔记那些纸张的背面。这个剧的情节里有一个罗马的君主，和他的一个刺客，很是郑重其事地探讨了类似光荣、权力、人性和毁灭这样的主题。我想象着他写作时候的样子，忍受着风湿病，在漫无尽头的一个个下午瑟瑟发抖。不对，上面这句划掉——我真正想象的是他用来写剧本的**纸**：一面是南比克瓦拉的单词和词组，临摹下来的纹身，村庄屋舍排布的示意图，这种排布还跟部落的整个信念以及宗族结构相关，他也总结出来，做成了图表——然后，在纸的另一面，是那个剧本。一面是科学的、有事实依据的调查研究；另一面是宏大的艺术。如果我的报告必须要完成的话，它应该写在纸的哪一面上呢？更切题的：你正在读的这个**非报告**——真正的、未写的手稿的“冗余”——应该属于哪一面呢？或许哪一面都不属于，它属于中间：它是那块潮湿的、不透光的物质，浆糊般堆在中间，而在它的外围，其他的版本像海市蜃楼般地飘浮着。

11.6　你还是没有告诉我，你当时怎么会到那个机场的，有一天夜里躺在床上时我对麦迪逊说道。我没告诉你的事情还有很多，她回答道。如果每个人都要把自己所有的事情都告诉别人的话，这个世界会很无聊的。要是对另外一个人**无所不知**是人类交往的终极目的，她说，那每个人都只需要带着一根记忆棒，两人相遇的时候对接就行了。我们都会装上小小的端口、肋部开个小孔，就像多了一张嘴巴、一只耳朵、一个性器官，然后只要把这些记忆棒插进去、上传就可以了，聊天、做爱这些全都可以省了。你喜欢那样吗，人类学家先生？不喜欢，我说，我并不想对你无所不知。这句话是真的：我根本就没有打听多少她的事情——她的家庭、她的背景，像这样的事情，我们在布达佩斯刚刚认识的时候我就不关心，现在也是一样。我们的结合从头到尾都建立在最低程度的信息交换上。我对你并不想无所不知，我重复道。我只是想知道你在都灵做什么。我没有在都灵，她又说道。都灵一卡塞勒，我回答，不重要。为什么你要知道呢？她问。我很好奇，我告诉她。是因为职业的关系吗？她开始戏弄我了。没错，我说，因为职业的关系。行啊，那你得付我钱了，她说。

11.7 说回到我自己的公寓，接下来的这一周，各种物品开始侵袭我桌上的空地。最开始是咖啡杯，然后是信件，拆开之后又多了账单和外卖菜单；等它们在皮革上驻扎下来之后，吃剩的盘子、手帕和口袋里翻出来的乱七八糟的东西也轻巧地假装路过，偷偷留了下来，因为我没有足够的意志再驱逐它们了。这不是懒惰——它比懒惰要糟糕得多。我开始出现这样的想法——事实上，我已经确信——这个**大报告**是无法构思、无法设计、无法实现的：简单地说，不管用怎么样混搭的形式，什么样的媒介或材质，它是**无法写出**的。我的确能力（虽然也曾备受推崇）有限，可不单是我写不出，是它根本上、本质上、与生俱来就无法被写出。以后不会再出现第二个莱布尼茨，同样不可能再出现列维-斯特劳斯2.0，但这还是其次，关键是每次我试图想象一种机制，用来处理、控制，甚至确定或**安排**这些能量、过程和形式——不管你说它们是属于社会学、人类学、历史学还是直观或微观的——让这份**报告**神奇地变成具体的内容，我都会生起气来，不管这种机制被我想象得多么抽象，而那些细节会在所有的节点、在任何一个时刻、朝各个方向不断繁衍扩散。我的这种气愤让我只能下这样一个结论，那就是这件事是根本做不到的。佩曼，我忽然想到，肯定早就明白了；他太聪明了，不可能不明白。那么，他到底为什么指派给我这个任务呢？一些虚妄的念头就开始在我头脑中蹦了出来。我想象佩曼和那些大人物，那些有权有势、人脉通天的家伙，一起嘲笑我，一聊起我居然会有一时半刻相信他**真的**要我做这件事，就大笑起来……即使我劝服了自己，把这些癫狂的想法扫到了头脑的边缘，我依然要面对这个不可更改的事实：这份报告无法写出。这让我充满了愤怒，让我觉得愚蠢，也感到难过——不是为真的失去了什么而悲伤，而是哀悼一件可能的或想象中的东西：这份美好的、辉煌的**报告**；这本书，这本他妈的**书**，**绝无仅有之书**，本来要为这个时代**命名**，将它**归纳**；这本是一部会让书这种形式作古的“书外之书”；甚至，在这些之外还有一种让人心痒却又难以确知的可能性，就是它会让“当下”这个概念变体，建立一种新的“存在”——这种可能性，就是**现在进行式人类学**™。这一切都没有了。于是，就有这样一个问题：**我**还在那里做什么呢？

11.8 圣诞节来了又走了。一个个的派对；放逐到乡下；回到伦敦，说不上高兴，更多是释然；又是一个个派对。一月一号我发现自己再一次坐回到桌前，对着吸墨纸，望着窗外的黎明。我喝酒之后都醒得很早。这是一个清澈的黎明，正适合迎接新的一年。今年工程的第一阶段就要运行了。我看着池塘，这个见证了一次（因为我曾在那里救起过一个小女孩）小型复活的地点，又想起了那些瓦努阿图人。每年元旦，男人们都会骑着马在一小片牧场上随意奔驰，把箭射向空中：没有别的目标，基本就是垂直向上。这些箭矢，很自然地，就又落下来，基本和离开弓弦的速度相差无几。这些男人会继续骑马游荡，直到某一支箭正好落在其中一个人头上，把他杀死。然后他们就停下来：这个仪式要求每一年都必须这样送走一位男子。因为宿醉、心神倦怠，或只是因为这世上没有值得兴奋的事情，我会发觉自己正幻想着——就像孩提时从我妹妹的床上跳下来一样——我是那些瓦努阿图勇士中的一员，驰骋在草场上，任凭新年的凛风刺痛我的双颊，周围都是死亡的呼啸声，为我呼啸出几分生机……

11.9 我依然坐在我的书桌和书写板之前，看着天空，想着上面的那些事情。与此同时，我又想到了我的那个跳伞者——结果就是瓦努阿图新年射箭礼和致命跳伞事件这两个场景混淆了起来。突然，像是真的是从空中落下一枚箭矢般的迅疾和犀利，我收到了一个重大的启示。在那一瞬间，我无比清晰地看到跳伞者那个案件背后的真相：这是一个俄式轮盘赌的约定！这个俱乐部的成员，或者只是他们众多会员中的一个小集团，自己定了一个违规的协定。简简单单从飞机中跳出所引发的肾上腺素已经无法满足他们，所以他们加大了筹码，压上了他们所能想象的最大赌注，私下里约定损坏一个跳伞包，并将它扔回到所有的装备里。没有人知道被损坏的是哪一个，因为所有的跳伞包外观都是一模一样的。当然，跳伞包永远都不会全部动用：那个坏了的可能会被闲置一年、两年，永远。或者，不用说，它也可能随时被用到：可能就是这次……他们永远也不会预知：也正是因为这个道理，他们才会想要参加，和每个俄式轮盘赌的玩家一样。我对此确信无疑。在那之前，从那以后，我从来没有对任何事情有过如此把握。那些三角，那些线条和交点，一下都解释得通了：我似乎感觉，就在那一刻，我不仅仅是解决了一个孤立的小疑问，而是破解了我们这个时代最根本的谜题。而且我解决的还不止一个谜题：加拿大的那一起，还有波兰的、新西兰的——这些我都确信，也全部是俄式轮盘赌。这是一个播散在全球范围内的秘密教会，就像我们这些隐藏的人类学家一样。这一发现太非同小可了——几乎和刚刚揭开的轮盘赌仪式一样让人发自肺腑地感到震撼。我感到体内的热血直冲大脑，而我只能不停地骂：**操！操！**——并不是因为生气，而是出于敬畏。而且我的粗话也没有对象，只是对着我空空的客厅：就像我当时看到电视直播中双子塔倒下时所做的一样。我紧张纷乱地快步走着；坐不下来，甚至连站定了也不行。这份不可思议的讯息要如何处理呢？交给警方吗？但这要重大得多，绝不是仅仅解决一起罪案这么简单。它甚至比（现在已经失效的）**大报告**还要重大。这是一次货真价实的重大**发现**，一次突破，其分量不输薛定谔或者爱因斯坦。对此我没有丝毫疑问。**操！**我又骂了一声；然后坐下来，这一启示在我周身弥漫。这一年会是光彩夺目的一年。

12

12.1 佩特一月中旬住进了医院。癌细胞已经扩散至整个身体；其中肺部最为严重，开始有液体在里面蓄积起来，意味着他已经不能呼吸。为了抽出积液，医生在他的胸膛上开了口子。我去看他的时候，看到病房里明显都是一些将死之人，而他被扶起来靠在床头，两根管子从他的胸口（一侧一根）接到和汽车电池差不多大的两个透明容器里。他的手臂上也接着其他管子：胰岛素输液管，吗啡泵，其他诸如此类的东西。他看上去就像那个著名的梦境里卡尔普尔尼亚描述她丈夫——恺撒——的样子：一个全是孔眼的雕塑，每一个孔眼里都有鲜红的血液喷涌而出，灌溉整个罗马；只不过从佩特胸口流出的液体是粉红色的——一种人造的可怕颜色，而且似乎还有泡沫，就像樱桃汽水。我们聊了一会儿天，这期间只要他身体任何一部分——肩膀、小腿，或是胸膛的一角——从被子下露出来，我都注意到一些暗色的、脏兮兮的肿块从皮肤下隆起。他脚踝略微朝上一些的地方就有一个；已经不能说是暗色的了——它就是黑的。医院的窗户也是脏兮兮、黑漆漆的；这间病房在二十一层，显然他们觉得经常清洁太费事了，甚至可能从来没有清洁过。这件事让我很烦躁，甚至比佩特的病情对我的影响更大。真是让人受不了！我只想对护士、住院部领导，或者随便什么人大吼：要是你们救不活这些病人，至少把窗户擦干净吧。

12.2 接下来一周带来了一个大失望：我发现那个关于跳伞者的解释根本行不通。全是瞎扯；狗屁不通。跳伞装备有最基本的整理和存储规范，他们建立了很多安全机制防止诸如被人暗中损害之类的事情发生——所有这些都让我的想法变得不切实际。举例来说：跳伞者，每一个跳伞者，都有自己的专用跳伞包，自始至终都由本人保管。他们都有一个特殊的锁柜，钥匙不会交给第二个人；跳伞包从锁柜中取出之后，绝不会离开他们的视线范围，处在无人照管的状态中。这些细节是某个跳伞俱乐部的安全负责人写信告诉我的，我一个月前开始和他通信。读这封电子邮件的时候，我就坐在那个"发现"——一颗哑弹——击中我的位置。要是邮件里说我的房子和财产全部被充公，或者由于产科病房的一时疏忽，我其实从来都不是我自己以为的这个人，也不会带给我更大的错愕与失望。这也是一种发自肺腑的反应，一开始是觉得晕眩恶心，然后就像被完全掏空了。读完邮件之后我坐了很久，望着窗外。天空此时是灰色的，昏昏沉沉。屋里有些凉了。虽然只是一月，但今年已经显得倦怠和陈旧。我只觉得有一种深层的抑郁正在袭来。

12.3 记下一切，马林诺夫斯基[1]说。但关键问题在于，现在，

---

1. Bronislaw Malinowski（1884—1942），英国社会人类学家，功能学派创始人之一。

一切的确正在被记下。我们生命几乎没有哪个时刻不曾留下记录。走在任何一段街道上，都有三台摄像机正同时拍你——即使没有，那你口袋里的手机也会在每一个时刻将你定位，并记入日志。每一个你访问过的网站，每一次点击，每一次按下键盘，都成为了档案：即使你按下**删除**、**抹去**、**清空垃圾**，它们依然会被存放在某个地方，某个褶皱或飞地里，某个回路阻塞的通道中。什么都不会消失。而说到亲属的结构、交换系统，那个保存、抚育、创造我们的网络，本来，要描绘这样的网络是我这类人的任务，是我们的 raison d'être[1]；现在可好，软件正在描绘这样的网络，正在执行这样的任务：依靠制作列表，编制索引，它们可以将我们买了什么、认识哪些人，那些人又买了什么、喜好什么，还有那些我们并不认识、但购买或喜好习惯与我们近似的人购买或喜好的东西，全部放在一起计算。琢磨着这些因素，一个新的恐惧，或者说一个更为怪诞的认知，在我眼前铺展开：真正可怕的不是**大报告**可能无法写出，而是——恰恰相反——它**已经被写出来了**。它的作者不是某个人，或是某个邪恶的小集团，而是一个中立且冷漠的二进制系统，它可以自我开启、自我推动、自我永存，说到底，这就是一个自动生成阿尔法和欧米伽[2]的计算机脚本。而我们，远远算不上它的作者，它的操作员，甚至它的奴隶（因为奴隶作为劳动个体，纵然渺茫也是可以存有希望的，期待某天一个摩西或者斯巴达克斯会来解放他们），我们只是它钥匙串里的行为和指令。这份**大报告**，一旦存在，从那一刻起，它就自远古以来始终

1. 法语：存在的理由。
2. 分别为希腊文字母表的第一个和最后一个字母。

存在；而其他一切都无关紧要了。但这份报告谁能阅读呢？要从什么角度，站在怎样的制高点或平台上，出飞机之后要穿过哪条空桥、进到什么样的书房（因为所有的空桥和书房都已经写进报告里了），才能观察、审视、解读这份报告呢？答案不言自明：没有任何办法；也没有这样的人。只有另一个软件才能做到。

12.4 这样的思考造成了另外一个结果：这时候不仅仅是我对**大报告**的态度，还有我对 Koob-Sassen 的态度，都发生了翻天覆地的变化。**工程**对我来说，突然变得可耻了。它变得阴毒。变得危险。说实话，它甚至就是不折不扣的邪恶。偷偷地渗透进守法公民生活的每个角落，“重新设置”背后的系统，影响他们事实上所有的行为和体验，而且是在他们不知情的状态下……我开始想象它——想象它名称的那几个字母（K 是身体的轮廓，而几个 S 是斗篷的褶皱，中间的连字符是藏在斗篷中的匕首）——趁人们晚上睡着的时候，鬼鬼祟祟地溜上楼梯。这是一个无声的杀手。那就是我想象出来的画面。一开始，如果要我指出它有哪个**具体的**方面或后果——哪个唆使者或受益人——从本质上就是无可置疑的邪恶，我的确说不上来。但一段时间之后，我告诉自己：正是模糊这个特质让它变得可耻、阴毒和危险。因为它没有脸孔，也没有身体，让工程变得强大而深远，但与此同时，也让它被问责或挑战的程度降低到几乎可以忽略。你能批评它什么呢？或者攻击它哪一点呢？它没有建筑，没有**工程总部**，或者**总调度局**。它有哪个人可以代表吗？那个**脱鞋部长**？她可不是什么幕后黑手；她对整个工程的总体了解不会比我高出多少。难道是她的顶头上司——一个思维能力（和所有贵族一样，他的父母也算是近亲）遭到自己内阁成员公开鄙视的人？**工程**是超越政府、超越国家、超越一切的——但同时，它也在一切之下：这是它有效的原因，也是它的致命之处。我一周一周地努力工作，就为了能帮助**工程**成为现实，让它的第一阶段能运行起来，脑子里却全是上面那些念头；而我一边工作着，思考得越多，咀嚼得——不管用什么词——越多，类似这样的想法也越发扩散开来。

12.5 我开始重新判断我在其中的角色。就像之前说过的，我不准备描绘得过细；但你只要知道我的角色很小就够了——又小又卑微。我的工作是地下的，这句话一点没有修饰的成分：我被藏在 Koob-Sassen——同时也是**公司**的——根基中，作为它们的支撑点。这没有赋予我多少力量可以在某种正式或官方的层面上塑造**工程**——但要是想阻挠它成形，甚至破坏它……这，我轻声对自己说，就是另一回事情了。既然准许我四处挖掘，难道我就找不出轴线或支柱，对它们加以损害？既然到任何区域都畅通无阻，难道我不能趁四下无人之时，从工具包里掏出一个扳手，扔进发动机房里，卡住**工程**的齿轮和杠杆？Koob-Sassen 或许是个大水库，接纳无数支流——但职责所在，我本就可以伸试管下去，任意读取我要的测试结果，有绝佳的条件可以从实验室外套的内侧口袋里偷偷掏出一个药剂瓶，滴出毒药，即使是再轻微的剂量，最稀释的配方，都能造成尸横遍野。我的干扰或许只是提供一些不完善的数据，起始时如同一只小耗子，但流程中过了三四步之后，就可能制造出一个下水道的庞然巨兽，就像哥斯拉一样破土而出，损毁一切；或许我只是提出一些错误的解读或主张，甚至可以只是一些暗示，就能让之后的某个重大决定错到不可挽救，就像短接了电路或是正好摁反了开关。这些我都可以做到，如果我愿意的话：我可以一把焚毁这他妈的……

12.6 我渐渐沉迷于这些幻想。在我脑海中，行政大楼、堡垒、宫殿纷纷倒塌，我听得见玻璃粉碎、巨石滚落的声响，看得见烈焰冲天：德国国会大厦[1]，兴登堡[2]，特洛伊和罗马的陷落全都叠加在一起。这时候，我的追随者们——那个凭借我的幻想业已存在的秘密人类学家的半地下网络——他们会加入我的事业。当我们的力量结合起来之时，**现在进行式人类学**™可以转化成一场武装抵抗运动：我想象他们在我号令之下来回奔波，制定冲锋战略，用他们人种志学的技巧煽动暴乱，集合私设法庭的暴徒，颠覆城市空间的结构本身。在我眼前，窨井盖突然炸起，电缆莫名自燃，办公室的无线网络云发出噼噼啪啪的声响，于是成群结队被逼疯的公务员从桌边逃离，肆虐街道，他们头颅里是喧闹刺耳的各种噪音，鲜血不住从耳洞淌出……我坐在地下室里、乘着地铁或昏昏欲睡的时候，就想象着这些画面。

12.7 我又去医院看了一回佩特。我坐在他的床和肮脏的窗之间，他说道，快死的时候，最糟糕的事情就是你找不到人说话。

---

1. Reichstag，1933年2月27至28日夜，希特勒上任德国总理四周后发生国会纵火案，纳粹借此攻击政敌，建立独裁统治。
2. Hindenburg，德国制造的兴登堡号是当时最豪华的飞艇，1937年5月6日，在降落至新泽西时突然起火。

什么意思？我问。呃，他说，我活到现在，经历的所有大事，都在于我事后对它们的描述。我的意思是，即使那些事件**正在**发生，我也会在头脑里构思之后我要如何向他人描述。啊，我正想告诉他：这是一个关于**缓冲**的问题……但佩特并没有在听。将死之人想要做的是传授，而不是接受。我十八岁的时候，柏林墙倒下的那天我正好在场，他继续说道，我看着人流拥来，爬到墙上，一点点把它砸倒，我却始终在演练着回国之后怎么跟朋友讲述。**我看着人们坐在墙上，用带来的凿子一点点凿着墙，卫兵站在周围不知该如何是好**……那就是我当时的想法，他说，就在我看着他们拿着锤子、凿子凿墙的时候，那就是我脑海里出现的东西。就像我在阿姆斯特丹看到枪战时一样。什么枪战？我问。我没有跟你说过吗？他问。没有，我回答。我走出餐馆的时候，正好卷进了两个俄罗斯团伙火并，他解释道。他们就躲在灯柱、垃圾箱和汽车后面开枪，我闪进旁边一条小巷子，他们其中一个人正好也在里面，就端着一把巨大的手枪，还是金色的，就把它搁在手背上，然后另一只手扣动扳机。哇哦，我说。是啊，佩特点点头——但关键在于，即使是我缩在那个匪徒旁边的时候，我还在练习等事情过去之后我会如何叙述。**他有一把巨大的手枪——而且居然还是金色的！他就像这样把武器搁着**……**开枪的后坐力会这样**……或者：**我距离他只有十英尺**……**我以为他会把枪转过来对准我，但他对我完全不加理会**……你发现了吗，我正试着用不同的方式去讲述它？好了，我现在要经历的这一出，是之前所有这些狗屁事情的他妈祖宗——但我却用不上它了！即使以后还有个天堂之类的玩意儿——虽然不会有——但假设有，我也还是找不到人听我说这一段，因为每个人都有过这段经历，换句话说，谁没死过，他们会告诉我：**这有什么呀？真无聊，你说的这些破事儿我们都知道了**。所以，死有百害而无一利。你明白我的困境了吧？明白了，我说；我也看出来这的确是个问题。

12.8 把现在进行式人类学™发展成为一场武装抗争这个想法让我兴奋起来。我想到七十年代的德国：那些巴德尔和迈因霍夫集团[1]的人——受过高等教育，屁股口袋里都塞着人文学位，结果只顾着到处掀个翻天覆地。他们的衣服多好看啊！衬衫都是大大的翻领，飞行员墨镜，灯芯绒喇叭裤。而且他们内部整天在做爱：不管到了哪儿的藏身之处，慕尼黑，杜塞尔多夫，只要给出暗号，证明你是他们中的一员，**哐**！径直就到被窝里了。美国帕蒂·赫斯特[2]那帮歹徒也是一样：时髦不羁的女继承人，美术专业的优等学生，在自己的私室里一个个搞那些革命斗士。我从网上打印了一张她的图片，钉在办公室的墙上。她实际上也没有那么好看；是手里握着的那把枪让她变得性感了。[3]我也打印了乌尔丽克·迈因霍夫的照片钉在墙上。她的形象也跟帕蒂·赫斯特类似，难说好看，而且骨架有些大。不过没有关系，我想：**我的**那个受过高等教育、训练有素的颠覆者网络，装配了最新的、用人类学打造的搜索歼敌技术，将会成为史上最性感、最会着装、最让人血脉偾张的革命者。

---

1. 又名“红军支队”，1970年在西德建立的极左恐怖组织。
2. Patty Hearst（1954— ），美国报业巨子赫斯特的孙女，被左派恐怖组织共生解放军（SLA）绑架后自愿入伙，并参加持枪抢劫银行，被捕后判处七年徒刑。
3. Ulrike Meinhof（1934—1976），巴德尔和迈因霍夫集团的创立者之一。1972年被捕，定罪前在狱中上吊自杀。

12.9 一天夜里，我向麦迪逊吐露了我的这些幻想：肆意毁坏一切，还有用我的内部身份摧毁工程。说完之后她说，我以前也认识一个像你一样的男孩。已经很久没有人称呼我为**男孩**了。有点奇怪；但我听得还挺高兴的。但关键在于，她继续说道，在床里朝背对我的方向转了过去，造成那些破坏的人不会是你。哦？我说。**那会**是谁呢？她又转回来，转到一半之后坐了起来，点了一根烟，说道：核电站融化，屋顶炸飞，电网崩塌，自动化交易系统变得一团糟——几十亿眨眼间归零，这些不是革命者和恐怖分子干的，破坏者都是它们自己。你们这些男孩啊，还真可爱，她说，我一下子又感到被恭维和轻视的双重触痛。你们都想成为电影里的英雄，在反面人物的工厂下埋了炸弹之后，在慢镜头里往外狂奔，然后在爆炸的时候飞身扑倒在地上。但炸弹早已经炸了——炸弹一直都在爆炸。只是你们没有注意到罢了……

12.10 在一片寂静中，我面对她坐着。我不知道能怎样回答。我想再和她亲热，但是她没有兴趣；她只是把烟抽完，把小小的烟嘴在床边一个碟子上碾碎，然后就睡着了。可我醒着躺了好久，思考她刚刚说的话。列维-斯特劳斯称，那些与世隔绝的部落，第一次接触人类学家，被研究完了之后，都会因为对病毒毫无抵抗机制而被消灭殆尽；如果他们生还，就会皈依基督教，最后被矿业或木材公司征召，成为半奴隶制的劳工——文明对他们来说，不折不扣就是一场浩劫。这样的浩劫，他说，就是我们文明的真正面孔——这面孔是转开的，至少不想让**我们**看见。**西方**的秩序与和谐，实验室里炮制出的那些复杂到难以描述的结构，都要散播大量有毒的副产品。当一个人类学家试着走出文明的边界时，他所遭遇的就是文明的废料，它有毒的余波。当我们在世界各处游赏时，最先注意到的就是我们自己的污秽，塞进人类这个种族的嘴里。

12.11 那天晚上，我终于做了一个美妙的梦。一个华丽而鲜活的梦：其中满是光彩。我正在飞翔，有点像直升飞机里的丹尼尔和佩曼，下方是一个城市边上的港口。那是一个庄严宏伟的城市，世上最了不起的城市——所有时代的所有名城——迦太基、伦敦、亚历山大、维也纳、拜占庭、纽约，就如同很多梦中的场景一样全都叠加了起来。我们已经飞过了城市，到了港口上方。一片繁忙：拖轮、汽船、快艇，只要你能叫得上来的都有，纵横往来，随水波起伏，而不管是波峰还是浪底，都在阳光下闪闪发光，虽然周围是夜晚。在港口中稍远一些——距离也不算短，隔着大片滔滔的水浪——有一个赘生物，突起，肿块：像是一座小岛。是人造的吗？有可能。它的岸都是从水面陡然立起的，都是水泥的材质，或是老砖垒的。岛本身的色彩比较暗；但是，就像海面一样，它不知怎么也被点亮了。我们接近小岛时——飞得很低，和水面平行——上面的建筑赫然耸起，越来越高大。这些建筑——都是些废弃的大工厂，断壁、残椽，让人想起教堂被轰炸之后剩下的框架——彼此相连，构成一个巨大的建筑群，颇有些废墟的模样，但覆盖了整个岛屿。在这个建筑群里，有人正在焚烧垃圾：这是一个垃圾焚化厂。空旷宽阔的大堂里，垃圾堆积如山，有些地方甚至高出了本来屋顶的高度。烧的速度倒很慢，火焰不是窜起来的那种，而是从内部焖燃。光原来是这么来的：就像拨弄余火未尽的煤块，垃圾堆表面因为热量裂开，或者直接被热力穿透，所以渗出带着一抹鲜红的黄色。正是这种渗出的光芒，似乎暗示着垃圾山的主体内部，还蕴藏着无限更为“发光”的流体，从而让这个场面是如此的华丽和鲜活，充满着皇家的光彩。没错，**皇家**的——奇怪的也正是这一点：如果城市算是首都，帝国的中心所在，那么这个岛完全就是相反的，是城市的对立面——它是那个所谓**另外**的地方，是那个供应者、过滤器、溢出物处理员，它是那个被藏好的肮脏的阑尾，但把它割除了真正的身体也无法运转；但似乎就是这种低贱，却比它服务的首都更有种说不清的奢华。我们正接近目的地：直升机载着我们下降，穿过工厂—教堂的骨架，扫过垃圾堆，墙壁和椽子在我们头顶攀升，我们带着崇敬和痴迷仔细观察着里面渗出的光，颜色从带着朱红的黄，转变成水银灰，又变成紫色、棕土色、赭褐色，当光从它表面流过时，它的褶皱和裂缝会像箔片一般闪烁。直升机掠过垃圾山，转变方向，就在我们聚精会神、不住赞叹的时候，一个声音——有可能是飞行员，或者是某种解说员，又或者，就像之前那个半梦半醒间关于轮滑的幻象一样，可能是我自己的声音——清晰而简练地宣布道：**撒丁岛**。

12.12 我醒了。麦迪逊还在睡。只有五点。我穿上衣服，出门回家。到家之后，我坐在桌边。在我的下方，桌子的表面上，是**大报告**启动失败之后的一片狼藉。窗外，天依然是灰蒙蒙的。小小的几颗水珠悬在空中。前方的院子、水塘、水塘里设的水泥踏石，和它们周围建筑的玻璃和混凝土，以及这个清晨总体上的石墨材质——在那一刻，所有的这些都属于一个整体，就像是在一张薄膜下构成了单个物件，但又同时暴露了许多空隙，好像某种包装没有完全裹住，让里面的东西开始一点点渗漏出来。我还没有完全清醒，依然被包裹在那个梦境里，似乎我也属于那一个整体，也参与了那些渗漏。我身子前倾，手臂平着向前伸出，把咖啡杯和其他物件都扫到一边。然后在吸墨纸上被前臂清出的一块空间里，我直接用铅笔写出了梦境里的三个字：**撒丁岛**。然后我去浴室冲了个澡。

12.13 我一整天都没法走出那个梦境：它就占据着头脑的中心，吞没我的其他所有想法。之后到了办公室，我把帕蒂和乌尔里克从墙上取了下来，在她们原来的位置，我钉了几张图片，都是驳船载着垃圾送往纽约港中的弗莱士·凯尔斯垃圾填埋场。斯塔滕岛：那块城市区划就叫这个名字——被遗忘的第五区，大垃圾堆。我的梦境是被这个地方——不管是名字还是它的功能——触发的，这似乎毫无疑问：我睡梦中的头脑只是把斯塔滕（Staten）改成了撒丁（Satin）而已。这些图片都是从网上找的：驳船，绕着它们的海鸥对着船上的货物大快朵颐；还有些图片是俯拍的垃圾山，很高，甚至高出了平流层：就像中国的长城，这些垃圾堆曾经也能从太空中看见。我说“曾经”，是因为（我后来发现）它2001 年关闭了，虽然后来短暂地开放了一段时间，接受世贸中心的碎石瓦砾。不过，现在，垃圾填埋场已经被改造成了自然公园。而公园之外，和以前一样，依然是广阔的郊区。所有这些都是互联网告诉我的。接下来，我顺着另一条线索开始探究：**撒丁**的字面意思是缎子。因为之前做过关于牛仔的档案，所以我知道它是一种编织法，经线浮于纬线之上，造成一种洁净有光泽的表面。我打印了一份仔细展示缎子编织结构的示意图。然后我又查看了一下斯达听（statins）——随着我思考的深入，这个词自发地出现在我头脑中，似乎是一条隐秘的纽带，连接着我梦中听到（或说出）的**撒丁**和那个没有言明却关联明显的**斯塔滕**。斯达听是一种降低胆固醇的药，抑制酶在肝脏中的分泌。我找到一张它的化学结构图，也打印出来，钉在缎子的编织结构边上。我又找到一张空体育场边上木制的台阶观众席，这是得克萨斯一个没有当地政府的小镇撒丁（人口：86）；还有一个棒球选手约什·撒丁的击球数据，他整个职业生涯都只能在大联盟和小联盟之间摇摆。这个人和前面那个小镇都不可能是我梦境的缘由，因为我之前根本就没有听说过；但我还是把它们打了出来，还打了很多类似的东西；很快墙上就钉满了。

12.14 塔皮奥打来电话。你星期五会来吗？他问。会的，我回答。早上来见佩曼，他吩咐道。带上你的 Koob-Sassen 卷宗。我的 Koob-Sassen……我重复道。文件啊，你的调查啊，那些你手头上正在打磨的东西，他说。这些我基本上都已经走了流程了，我告诉他。这是实话：我已经整理了那些公务员的对话记录，巴黎金融工作者的对话记录，还有其他诸如此类的文件——分析了它们，把它们过了一遍人类志学的研究程序，然后再解读这套程序产生的材料，最后将我的解读送了上去，它们会辗转经过相关的楼层和必要的桌面，到达佩曼。那些我们看到了，塔皮奥说——但我指的是其他的一些东西，那些额外的部分，这是他想看的。是吗，我说。我看着我的墙。换了之前的话，我可以将满墙的降落伞小碎片探讨成一个连贯的整体，可以给公司在 Koob-Sassen 中的大致作用贡献一些新鲜的见地（后来看到我那些移动过程，以及永恒迁移的比方，已经出现在公司对内和对外的相关备忘录中），而**这些**画面——垃圾堆、驳船、海鸥——似乎拒绝被归纳到任何可用的、有价值的长篇叙述中去。我盯着那个空的观众席，试图想出几句能说的话。最终，是塔皮奥打破了沉默。你有什么就拿上来吧，他说。好的，我回答；于是他挂断了电话。

12.15 接下来一次——也是最后一次——去探望佩特，我意识到之前我对窗户的看法是错误的。它们依然是脏兮兮、黑漆漆的，和上次一样，这方面没有任何变化。他的皮肉也是一样：那些黑暗的肿块依然隔着皮肤往上顶，让后者显得一片混沌。第一次来的时候，我的想法是：既然这个病房的人都将即刻坠入永恒的遗忘中，又被安置在这么高的楼层里，种种条件已经无可挑剔，可以让他们好好看一看这个即将告别的世界，鸟瞰这座世界上最伟大、最熙攘的城市。不管是精心安排还是碰巧，但总之把他们放在这里是很合适的：如果将死之人本就会完全看清自己的人生和生命本身，那么这些病人在建筑结构中所处的位置已经把小小的“20/20[1] 离别时刻”打点停当，双手奉上了——但又被糟蹋、被夺

1．指双眼正常视力的数值。

走，而且是因为勤杂工作疏忽这样庸常的理由；或许也不是因为疏忽，而是行政上在小地方要省一笔微不足道的资金。但这最后一次探望佩特时，我终于明白这些窗户的肮脏其实是完全正确的；虽然之前大错特错，但这回的思路居然有相通的地方。正是这个世界，和这世界里的种种东西，留下了这些积垢——既留在医院的窗户上，也留在佩特的骨骼、器官、肌肉和血管里。这些世界里的东西，它们是黑色的。佩特的皮肤变黑，是因为他让世界进入了他的体内，让世界将他浸满，直到饱和之时世界又喷发出来，散发着冷光。佩特和我东拉西扯的时候（我完全想不起来那天他跟我说了些什么），我脑子里全是上面的这些想法，于是开始怀疑，是不是佩特已经在某种很实在的层面上，成为了一个天使；往病房其他床位上看，我更加确信这里住满了天使：这些人物已经被世界深深刺穿，而世界又在这些身体里泛滥、孕育，不断自我提炼，直到形式和色彩都只剩下由元素构成的最纯粹的黏稠流体，然后再从身体由内而外散发出来——散发的不再是光，而是它的反面：这种无形、无名的黑色物质是如此稠密、浓缩，又如此强烈和耀眼，以至于像我这样的肉体凡胎见了只能用手遮住眼睛。

12.16 去医院探望之后我直接回家了。桌子和我上次见它的时候一样，书写板上只有一小块地方没有被乱七八糟的东西堆满，上面有我用铅笔写的梦境里的那三个字。盯着它们，我忽然产生了一个想法：或许，我告诉自己，这几个字可以成为我的**大报告**。不只是成为它的标题，而且也是它的内容：整个玩意儿可以就是这三个字。我星期五见到佩曼的时候，不用再给他一份新的 Koob-Sassen 工程的卷宗，而是宣布，我已经完成了这个震古烁今的任务，而且我已经可以提交了：再把它装订装订，塑个封什么的，里面就只有这三个字。或许，我跟自己说，我可以直接把这张吸墨纸放在佩曼面前。裱起来？折好？还是揉成纸团？要是揉成纸团的话，那就只能算是辞呈了吧？应该是。要是裱好装框，他会不会接受，挂在办公室的墙上，在他坐着谈话，阐述概念、疏通人脉的时候，看着它，把它当做视觉上所有这些活动的联系点？有可能。但有一点是肯定的，因为是我呈递的概念，也因为提交它时的种种语境和背景，他会觉得这其中充满了隐秘的含义。另外，我感受到一股真正的信念，那就是这其中**的确**充满了隐秘的含义：这种意义无疑深刻而又强烈，纵然我此刻还不能理解，但是它的存在放射出光芒，并把这种光芒灌注到它周围的所有事物中去。我眯起眼睛，仿佛吸墨纸是一幅画。撒丁（Satin）和岛（Island）里面的两个 S 都被一根细细的棕色弧线穿过，因为它们之前正好在我已经清走的咖啡杯底的弧线上。那个 d 的右边，稍稍往下，有一块相同颜色的大污迹，像彗星的尾巴。在这个污迹下方，我用小一些的字母写下：**侏儒怪**（Rumpelstiltskin）。**秘密的名称**，这是佩曼之前的说法。我又坐了一会儿，眼睛注视着书写板；然后我把侏儒怪后面的字母都划去了，只留下 R，然后把它改成：Rosebud[1]。

12.17　佩特两天之后去世了。他的死讯我是通过短消息收

1. 即前文提到《公民凯恩》中的“玫瑰花蕾”。

到的。佩特的很多朋友他妻子都不怎么认识（他们不在一起生活很多年了），但法律上来说，作为他最近的亲属，一定拿到了他的手机，然后向通讯录里的每个人都告知了这件事——出租车公司，外卖餐厅，都没落下。今天上午 11 点 25 分，佩特平静地离开了，这条短消息里说。收到消息时我的想法——此类情境中你应该有的想法（好伤心；至少他可以休息了；我会想他的；之类的）——似乎太粗糙冷漠了，我都没心思去想它们。我想的是这条消息本身，它的来源。我已经说过，发消息的人是佩特疏离了的妻子；但很显然，我的手机和其他收到讯息的人一样，显示的发信人是佩特。会记录每次信息往来的网络供应商，它所登记的发信人也会是佩特；要是多年之后正好有谁没事去查证，档案里所说的也不会两样。从几乎所有的实际效果来看，发信人**的确**就是佩特。他的生命在那个时刻对我——以及对其他那几百个人——产生的影响，和其他任何时刻相比是一样的（可能更强烈）。想要确保生命永恒，我们所要做的全部事情就是不让我们和网络运营商之间的合同过期，然后保证隔三差五有信件发出去。我们可以在中国造很多工厂，让那里的工人帮我们做这件事；预先支付五到十年的“遗赠定制”；可以事先确定一堆消息让他们循环发送或者任意发送；或者干脆默认发送通用或随机的讯息；随便吧。但一定是有用的。永生的关键：短消息。

12.18 星期五，我上楼去了佩曼的办公室。他兴致很高。工程的第一阶段就要运行了；所有事情都将有条不紊地明朗起来。我胳膊底下夹了好几个卷宗——看得见摸得着的皮革封面的卷宗——就像塔皮奥吩咐的一样。就我所知，它们之中都没有包含任何有颠覆作用的数据、代码和错误信息，更不用说会有什么致命的破坏力。武力抵抗还是先算了吧。尽管如此，我依然有些紧张。但佩曼没有要我展示任何东西。他只是满面春风地注视着我，说我的贡献是至关重要的。他想让我下个月去纽约，在一个报告会上介绍我的工作。有意思，我说。什么有意思？他问。我这两天脑海里一直都在想纽约港。当然了，要是这时候我能拿出那块书写板交给他，那就再好不过了——但是我没有带，因为那个想法、方案（不管叫它什么吧），就像之前的破坏计划一样，已经被搁置了。佩曼说话的时候，我试着想象那块书写板挂在这里的墙上会是什么样子：可以挂在哪个位置，它会如何改变这个空间的能量，以及它会如何渲染佩曼——和**公司**——的战场，或许还能顺理成章地说是整个时代的战场。我任由自己迷失在这样的想象中，没有留意佩曼正在跟我说的话。过了一会儿之后，我发现他停下来了，等着我的回答。我试图将头脑倒转几秒钟，找回他刚刚说的话。我告诉自己，是和什么自由与分享有关系。或许，佩曼是在说，我可以用它来类比我们在工程中所做的工作？我想是可以的，我回答，又从人类学的角度补充了一些关于法律和责任的观点，都很模糊，抓不到把柄。佩曼似乎很认可。听上去不错，他说，大胆去说吧，然后就结束了这次会面。直到他给我发了封后续邮件，我才意识到自己听错了，他在聊的是自由女神像。

12.19　接下来一周是佩特的葬礼，但场面极为怪诞。首先，殡仪馆那天有延误，所以当佩特的亲属已经陆续到场时，之前的仪式还在进行。停车是主要问题；殡仪馆周围街道的所有车位都被此时还在依依送别的哀悼者占据了。当这些人所组成的送葬队伍零零散散出来的时候，我们这一边似乎很难拿捏自己的姿态。有些人试图表现得很忧伤——当然我们心里的确忧伤——但我说的是**替他们**感到难过，同情**他们**失去了生命里重要的人。但与此同时，我们也不想贸然加入他们的悲痛之中，于是就试图表现出中立和冷漠。他们也在营造类似的情绪，结果就是，穿着一模一样的两队人，面对面站着，就像是谁定制了双份的送葬者。而且我们的车也是双行停[1]的：为了让他们的车出来，并把我们的车换到车位上，我们这些互不相识但形象极为相似的人，都必须前前后后地移动自己的车。其中几个人扮演起了交警，一直在指挥着，因为衣服的关系，他们挥动手臂、喊出号令的样子显得很有仪式感：身着制服的管理员正指挥着小盒子落入它们该进的坑洞中去。

12.20 可是当葬礼真正开始之后，事情变得更加怪诞了。为什么呢？因为他们所说的关于佩特的每句话都是错的。我指的不是他们的表达太粗糙，不是他们偏离了主题，或者没有抓住佩特人格的本质之类的，都不是。我的意思是，他们说的，简而言之，就是和事实不符。首先，葬礼是基督教的葬礼（佩特是个无神论者）；牧师说在佩特患病的最后几个月里，信仰为他解除了不少的痛苦。他谈到了佩特的家庭生活，说他的妻子坚定不移地给他宽慰和支持（他们的确偶尔会碰面，但我也说过，在诊断出癌症之

1. Double parking，指将车停于另一停靠人行道边的车辆旁，常属违章停靠。

前好几年他们就分开了)。他就这样一路胡说着。我想到的是说不定是哪里弄错了，因为今天时序有了误差，说不定这段颠三倒四的说辞本该是说给我们刚刚碰到的那些送葬者听的，或者是属于我们接下来的那一家，可能我们也已经跨到了他们的时段里。但牧师称呼灵柩里的人为佩特，也提到他的工作是在 IT 行业，又附带说到他真正的热情留给了业余的两大追求（风帆冲浪和象棋），而我知道这两样事情他最多也只能算一时有过兴致罢了。在他不断堆砌谬误的过程中，我想过站起来，打断他，纠正他的错误；他越往下说，这样的想法就越发增添暴力的色彩。我想象自己大踏步走上前去，一把揪住教士的袍子，用额头撞他的面门，撞到他倒在地上起不了身，然后跳到灵柩和焚烧炉中间，痛斥这套流程。然后我们会一拥而上，攻占礼台，把牧师绑起来，在他的圣水盂里撒尿，把佩特的遗体抢出来，一起开派对，狂热的气氛会掀翻屋顶——我就这样一路想下去。不用说，这些事情我们——我——一样都没有做。我只是坐在那里，怒火中烧，不忿于这种欺天罔人的行为居然没有遭到报应。

13

13.1 大概是葬礼之后的第三天，我逼问了麦迪逊。我单刀直入地质问她。让她无法躲闪。我**真的**想知道你在都灵—卡塞勒做什么，我说。当时我们在一家餐厅里。第一道菜已经端上来了。我点的是炸鱿鱼；那些触角仿佛是重现了我之前的某些幻象，让我想到那些降落伞的绳子，从而也让我记起那个现已失效的理论。我觉得是那种无能感让我在另外的这个问题上变得很有侵略性。麦迪逊正在吃渍鲑鱼片。我提出要求之后她停下了嘴。我的用词和语调没有给她任何转圜的空间，让她没有办法轻描淡写地把问题挡开，就像之前有两回她所做的那样。她把嘴里的鲑鱼吃完，放下了刀叉，说道：我之前在热那亚。你在那里做什么？我问。讲解，她说。讲解什么？我问。不是讲解，是示威[1]，她说，加重了一点语气，抗议。哦，我说；抗议什么？G8 峰会，她说。2001 年的 G8 峰会在热那亚召开。我不知道你还是个激进分子。曾经是，她纠正我；那是很久之前了。

13.2 我没有就此放过她，这是自然的。我觉得我终于有所进展了。她还纠正了自己一点：其实是她当时的男朋友是个激进分子，她告诉我。他和他的朋友，和他志同道合的人，还有他平常有来往的人，会袭击 G8 的各种活动。这一回，他们从世界各地汇聚到热那亚。他们住在市中心的一个学校里，里面待着的还有几十个人；教室被改造成了宿舍、独立媒体中心和讨论间。那里不只有抗议者：也有不少记者和学者，她说。他们聚在一起有种狂欢节的气氛，五花八门的想法在里头碰撞。听上去很有意思，我说。是很有意思，她说，直到警察来了。后半夜的时候，所有人还在睡觉的时候，他们踹倒了学校的门，冲进了寝室，开始攻击那些还躺在床上的人。操，我说。是啊，她说。我们在顶楼意识到这是怎么回事之后，就往太平梯跑——但警察早就等好了。这场突袭是精心部署过的。那你们怎么办？我问。举手投降，她说。但没有用：他们还是开始攻击我们。他们踩踏在人们的腿上、头上、胸膛上；我看到一个男的，胸膛被踩得塌陷下去了——还听见肋骨断裂的声音。那个声音很奇怪，她说；有点像以前那种巧克力棒——就是里面有人造的蜂巢糖、咬下去的时候都是脆的那种？脆脆棒[2]？我问。对，她说，就是脆脆棒。那个挺好吃的，我说。对，她同意道，现在大概买不到了。

13.3 为什么这一段我从来没有听说过？我问。我从来没提过，她说。不是，我说，我的意思是为什么没有读到过相关的报道——而且你还说当时有新闻记者在场，就住在事情发生的那个建筑里？U，她说，这件事情发生在 2001 年的夏末，没多久之后

1. 英文中demonstrate既是讲解，也是示威。
2. Crunchie，由英国吉百利公司于1929年推出的巧克力棒。

就是 911，所有其他的新闻都被刮得烟消云散：没有人会关心在热那亚，或者随便其他什么地方发生了什么。就好像我们那件事从来没有发生过一样。她停下来，因为这时候主菜放到了我们面前。我点了猪肉；她选的是鸡肉，我猜的——要么是鸭肉。服务生走开之后，我们又静静地等了几秒钟，尝着我们的食物。然后，麦迪逊接着之前的话头继续说道，有时候，我甚至自己也怀疑那件事情是不是真的发生过。你和当时那些人还有联络吗？我问。我男朋友的圈子，你是说？她回问道。我点头。没有，她说，跟他们完全没有联系了。另外，我觉得他们也不是一个圈子了。

13.4 工程的第一阶段运行了：启动了，上线了，进入运转状态了——可用的说法很多。它的投入使用被认为取得了巨大的成功。谁认为？不知道。认为者们吧。**公司**在其中的贡献也被褒奖为——褒奖者们说——可圈可点。而我个人的工作也被佩曼本人特别举出，说它价值非凡。所有这一切都让我有些飘飘然。我甚至在餐厅里四下观察，看是否有人认出我来。这当然很荒唐：这里的人很可能连 Koob-Sassen 都没有听过，更别说知道我在其中扮演的角色了。而说到底，这样的情形或许并不是坏事：那些被阻止的破坏者是我自己动员起来，然后又为我所背弃的；革命者组成的刺杀小组一定复仇心切，还好他们寻找叛徒的时候认不出我来。

13.5 你被踩了吗？我问麦迪逊。我被推下了楼梯，她说。有些淤青和碰伤，但没那么糟。就这样结束了？我问。然后警察就走了吗？麦迪逊朝她的食物短促地笑了一声，突然得像咳嗽。

没有，U，她说，完全没有结束。那才刚开始。所以，接下来发生了什么？我问。警察把我们赶到一起，她说。让我们到了院子里，大概一百来个人，然后他们组成了一个方形的围栏，厚度每一处都不小于两三个人，把我们围在中间；接下来他们就轮番冲到中间，用棍子打我们，踩踏我们。再接下来，他们让我们走到门口，外面停着这些大卡车。你们之前没有听到卡车开来的声音？我问。没有，她说。他们把我们推上卡车，送到警察局。我们从卡车下来之后，又到了一个院子里，那里有很多警察，新的警察，都神情亢奋，准备着大干一场。当然他们的确大干了一场：也是用棍子打，用脚踹，直到过足了瘾为止。而在此过程中，一直有逮捕的示威者被送来：那些人住在其他的客栈、寄宿房、学生公寓里，所以我都不认识。他们就这样一卡车一卡车被送来，下车之后看到他们也和我们一样满身的伤痕和血迹，然后被赶到警察围成的方框之间，继续被暴打。

13.6 这样持续了多久？我问她。很难说，麦迪逊回答。可能有一个小时。新的人不再送来之后，本来在广场的示威者已经抵受不住拳打脚踢，甚至被踹、被踩踏时也没有了多少反应，于是警察稍微缓和了一些。从警局一个主要建筑里面走出来几个新的警察，手里拿着几张纸，可能是指示之类的东西，他们研究了一番，开始将院子里面的示威者分成许多小组。我不知道他们依据的逻辑是什么。他们不是照我们站的位置随便将我们划成几个小块，而是他们会让我们五个人走到院子另一头，站在角落里，从某个方位找来两个人，从另外一个地方再找两个人，然后命令我们像士兵一样站成三排，每排有三个人，所以我们每个小组都有九个人。接着，他们可能会把一个小组其中四个人喊出来，让他们加入另一个角落的小组，同时从别的小组拖来三个人，再从其他小组带过来一个人，让这个小组的人数还是保持原来的九个。不管这背后的道理是什么，他们花了很长的时间一丝不苟地整理我们的分组。最后，所有的小组都依次序被押送进了警局的建筑里。

13.7 我们的餐盘就摆在我们面前，几乎没有动。女服务生已经好几次游走过来，想确认我们这里是否出了什么问题。这是一家很体面的餐馆。大部分其他客人已经在享用甜点，或喝着咖啡了。那些买了单离开的客人，他们的桌子也就空了下来；下午都快要过了大半了。你进了那幢楼里之后呢？我问麦迪逊。唔，她说，所有人都在唱歌。唱歌？我重复道。对，她说。警察在唱歌？我问。不是，她说，主要都是示威者在唱。你是说，抗议的歌吗？我问。天啊，怎么可能，她答道，他们唱的歌都是警察要他们唱的。麦迪逊小组里有个意大利人，小声告诉麦迪逊这些都是纳粹歌曲，是穆索里尼那时候传唱的。警察在领唱，挥舞着警棍，像指挥棒一样。要是有谁不唱，麦迪逊补充道，或者唱得不够响，警棍就会猛地一挑，从下往上击中偷懒者的上腹部，当然这样他们就喘不上气了，但警察不会给他们喘息的机会，要求他们不管有没有气都得立马继续唱歌，否则就又是一记警棍。要是你们不知道歌词怎么办？我问。他们会教的，她回答——就像在幼儿园里一样：教一句唱一句。而且就在我们唱歌的时候，他们还在分组：先是将原来的小组分成大概五个人左右的小组，然后继续分，直到我们三三两两地站着。在他们分组的时候，我们还是不能停下；实在是太诡异了。最后，我发现自己身边只剩下一个女子，她是德国人，我觉得。她说不了什么话，因为下巴已经被打烂了。另外，我们也没法交谈，因为要唱歌——唱意大利文的歌。这位女士当然不可能好好唱歌，但她只要一停，警棍就会捅上来；虽然嘴巴里控制不了发音，她不知怎么的就能把歌词一个字一个字地从喉咙里逼出来。但我还是感觉到她是德国人，麦迪逊说，我从她喉咙里的发声方式中听得出来。

13.8 她停顿了一下，又咬了一大口鸭肉或鸡肉。我看着她嚼着肉的嘴。然后我低头看了看自己的盘子，花了几秒钟把一棵蔬菜推过来推过去。过了一会儿，我问，接下来发生了什么。唔，麦迪逊继续道，他们领着我和这个姑娘穿过一扇门，一条走廊，下楼，然后从另外一个楼梯上楼，又穿过一条走廊，最后走出一扇门，到了一个停车场。我们被送上一辆轿车，她说——这车普普通通的，看不出什么来。有两个人坐在前排，身上穿的是便服；副驾驶座上的那个人转过来，盯着我们看了好一会儿，上上下下地打量我们；然后她指着另外那个姑娘，用意大利语对带我们过来的警察说了些什么，然后那些警察就把那姑娘拉下了车。

13.9 那你呢？我问。他们就开车把我带走了，她说。当时是凌晨，我们就开在城市的街道上——但那个副驾驶座上的人告诉我不要朝外面看。我能听懂他的意思，是因为我每次把头转向一侧，他就会吼我，说的是同样的话。所以我就只往前看，看着他的椅背。两个便衣开了很久，她继续说道，最后终于停下来，我朝外看，看到又一个院子，铺着鹅卵石，类似别墅一样的建筑围着它，高高低低，带着柔和的弧线。这别墅很漂亮，她说，那种几层楼的老式房子，外墙上爬满藤类植物，装着木头的百叶窗。他们让我下车，引着我进了别墅。里面像是一个大家庭住的房子——要么就是一个什么机构。进门有一块巨大的大理石地板作为接待区域，还摆了一张桌子，后面坐了一个接待员。那个便衣警察，也就是坐在副驾驶座的那个人，要我把口袋里的东西都拿出来，然后把我的护照、钥匙和我带着的其他所有东西都放在一个托盘上，然后接待员把它塞到她后面的一个架子里。接待员？我说。你现在是在酒店登记入住吗？就是说啊，麦迪逊说，那里感觉不像一个警局。也的确不是警局。我不知道那里算是什么。那个接待员很客气——倒不能说有多友好，但总之很有礼貌。即使是那个副驾驶座的便衣也不朝我吼了。那位女士接收了我的东西之后递给他一张凭证；然后那个便衣就陪着我穿过大理石地板，示意我走进一扇装了彩色玻璃嵌板的木门，而且他的动作也变得客气，还替我打开门扶着。然后我们又穿过另一条长走廊，下了楼梯，最后到了一扇尤甚特色的白门跟前。他轻轻地敲了几声。里面有个声音应答；我身边的这位打开门，退后几步，示意让我进去。

13.10 她又停了一下。继续啊，房间里是什么？我问她。一个男人，她说。一个男人？我重复道。是的，她说。什么样的男人？我问。说不上来，她说，就是一个男人。什么岁数？我问。

大概六十岁，她说。他长什么样？我问。衣服很高档，她说，有点发福，银灰色的头发，有些地方已经开始变白了，都整齐地往后梳好。他坐在房间正中的一张红色皮质扶手椅上，问了我的护送者几句话，那个便衣答得毕恭毕敬；然后他就挥了挥手，让便衣离开了。房间里就只剩我们两个人。那是个什么样的房间？我问。我也说不上来，麦迪逊说；看上去就像一个医生的诊室或者一个实验室。房间远处，隔着中间的扶手椅我可以看到一个装置，也像一把椅子，不过它有些部分或者附属的部件似乎可以调节或操控——有点像看牙医的时候坐的椅子，老式的那种。这房间里所有的东西都是旧的；我不知道为什么我要说它像个实验室。可能我指的是那种老式的实验室，架子上排满厚玻璃罐子，里面装满化学材料。不过这里没有化学材料，也没有架子。有一扇小窗。墙上距离小窗几英尺的地方挂了一块帘子，又大又皱。我不知道为什么要挂这块帘子——可能就为了看上去温暖一些；它后面就是一堵墙，至少在我看来是这样。但这块帘子让这房间看上去有种剧场的感觉，或者说像个礼堂——或者是一个录音室，帘子是为了消音。这个地方似乎隔绝了，没有什么背景噪音之类的东西。除了，麦迪逊继续说道，那个男人的红椅子不远处的桌子上有个小玩意。什么意思，小玩意？我问。就一个**东西**，她说。一个电子器械。可能是个接收仪，一个探测器，一个波长调节器，我不懂。这东西也很旧了：像是二十年前会用的，可能更早。它会发出一个电子噪音。我进房间的时候，麦迪逊说，那个男人就在摆弄这个小东西，好像在调试一样。

13.11 她从盘子里挑起一颗马蹄草籽。然后发生了什么？我问。麦迪逊举起马蹄草籽，好像在检查它，然后放在盘子的边沿。过了好久之后，那个衣着考究的男人转过来面对我。他招呼我走过去，然后在他身前转身：自转，绕圈。我脖子上有个擦伤，他撩起我的头发，很仔细地看了看。他问我，用英文，我还有哪里受了伤，我就告诉他：**这里，后腰上；还有这里，就在手肘**（麦迪逊在餐厅里指着这些地方，如同我就是那个男人一样）——我有片刻想到，那个男人大概是个医生。或者，因为衣服考究，可能是个律师。但他都不是。他先是伸手从红色扶手椅背后拿起一根黑色的魔杖。魔杖？我重复道。是的，她说，感觉像根半塑料半金属的指示棒。然后，她继续说道，他拿出一只手套——手套很厚，就像是园丁或者烘焙师会用的那种。他把手套戴到右手上，再用这只手握住魔杖，用细的那头点在我的腹部，我只看到手套一颤，就有一股强大的电流穿过我的身体。他妈的搞什么鬼？我对麦迪逊说。可能是那种管理牲畜用的电击棒，她告诉我。痛吗？我问她。你说呢，U，她回答，痛，我活到现在还没有感受过那样的痛。但那过去得也很快；我被吓得什么都喊不出来。电击了我之后，那个男人就站在我旁边，很平静，看我的反应。你是什么反应？我问她。什么反应也没有，她回答。我只是站在那里。他还是握着那根棒子，手垂在身侧。我不知怎么就知道，他不会继续电击我的：他只是要我明白，如果他愿意的话**可以**这样做——而且要我表现出我也明白这个道理。我的确表现出来了，因为我站着动也不动。只要双方建立了这个默契，我们就可以开始了。

13.12 开始？我问她。开始什么？我们接下去几个小时全都在做的一件事情，麦迪逊说，就是他让我摆出，并且保持，一些姿势。姿势？我问。姿势，她重复道，就像在拍时尚照片一样。我得转向这里，面朝那里，弯腰，抬起手来，腿往前伸，就类似这样。这个男人会仔细地告诉我应该怎么做，他的要求真的很精确。时不时地，我的姿势有偏差的时候，他会举起棒子，作为威胁；有一次我抬起的手臂掉了下来，因为太累了，他就又电击了我一次；在那之后我不管累不累，再也没有让手臂离开他指定的位置。就在他强迫我摆姿势的这段时间里，他一直在关注他的另外那个东西，还会一直伸手去碰。哪个另外的东西？我问。就那个小装置，她说，那个调节器或者感应器。它上面有个小屏幕，有曲线在跑：像波浪一样的曲线，类似于预测地震的机器，或者监测股价浮动的那种。他会看看屏幕，看看我，然后让我把手臂朝这个或那个方向再移动一两英寸，或者让我的头按顺时针或者逆时针转动一点点，或者让我的下巴或胸膛再往前一些；然后他会再看看那个东西，拨一下某个旋钮，自言自语几句，或者跟那个机器说，或者跟那个东西背后、在另一头的某个人说。另一头？我问。这装置还是双向的？看上去是，她说，我觉得它可能是个广播，某种内部通话设备，或者就是一个古老、笨重的对讲机。不过这东西里也并没有声音传出来，至少在他这一头没有：只有电流的吱呀声，呲呲喳喳的声响。可是他听得很认真，看着那些起伏的波浪线，就好像那些尖齿或震荡都是**有意义的**。我认为这东西正在给他发送指令。指令？我重复道。是的，她说。谁在发指令呢？我问。我不知道，她说。关键就在这里。这个男人明显是个大人物。只需要看他的样子就知道，不管是他的衣着还是举止，不管是我的那个便衣对他恭敬的样子，还是这幢房子和整个繁琐的程序：一切都似乎是围绕着他和这个房间。不只是这幢房子，而是**一切**：对学校的突袭，那些殴打，在院子里奇怪的排队和分组，所有这些事情——不知为何，这个男人似乎就在幕后主导着这一切。但与此同时，他又好像被这些吱吱呀呀送来的折线统治着，不管这些是谁传来的讯息，反正就是某个地方传来的。我说过它的噪音里听不出人声，她继续说道，但事实上，过了一段时间之后，我开始听到有点像孩童的说话声。孩童的说话声？我重复道。是的，她说。它们有点和整体的噪声分离，就像扯开了的线头，但又会飘动着融合回去。他们在说什么？我问她。什么也没说，她回答，至少没有真正的词句，不像意大利语或其他任何语言；只有喊声、叽叽喳喳的声音，或者只听得出一点点起伏的语调——大致就跟所有牙牙学语的婴儿一样。他们的声音很微弱：只要我觉得好像能分辨出来，快要把自己的接收频率调对的时候，他们就又消失了。

13.13 那些他要你摆出来的姿势，我问麦迪逊，是情色的吗？有些是，她说。有时候我要弯下腰去，把屁股翘得很高，或者把我的裙裤拉起来，露出大腿，或者把衬衫沿着肩膀扯下来一点。但这些都不能算什么；我是说，照当时的情形，他可以让我脱光衣服，强奸我，都由得他。他让我做的姿势更像是古典雕像，或者以前的绘画。不过，他的确兴奋起来了——算是兴奋吧：我可以听见他的呼吸变粗重了，可以听见他胸膛深处发出的很轻的咕哝声和呻吟。但这些都超越性的范畴。要说它们有性的意味，那他兴奋的对象也不是我，而是我与机器之间的某种联系，是我的手臂和身躯的角度与它的吱呀声、提示音和电波震荡之间的联系。当这些能对应起来的时候，当我们调整对了——那么，他的呻吟就会更深沉一些，透露出真正的快感。过了一段时间之后，我认出了其中的节奏。什么意思？我问。它里面的音高和频率构成几组序列，一组淡出之后，另一组会进入，然后又会重复，每次可能只有一点点微小的差异。到后来我就能认出这些序列，知道某个时刻我们正处在哪个阶段，而在那个阶段我应该做哪个动作，接下去又是哪一个。我开始知道他要的是什么，我该如何移动；他就不用一直给出指示了。这让他真心感到满意。不止满意，她说：这似乎让他深深为之感动。

13.14 这时麦迪逊朝周围看了看，餐厅已经空了。女服务生都坐在同一张桌子边上，把洗干净的刀具裹在折好的餐巾里，手势很有规律，像自动的一样。两个厨师坐在另一张桌子边上，核对着一张单子，上面是厨房的备货、配料和用具。没有人催我们离开；他们像是把我们忘记了，就像我们也忘记了他们，以及他们为我们准备的食物。所以你就摆了那些姿势，我说。你一遍遍地过了那些序列，而这个男人就看着你。是的，她回答。他和我就这样保持了很久，似乎没有尽头。时间也好像停下来了。我们未尝不可以是那世上仅有的两个人——最初的人，新的夏娃和亚当。时间好像，她又说道，就好像……停下来了：被悬置了，就等我们两个人表演这段奇怪的芭蕾，而舞步的编排是不知从什么地方传送过来的。但表演的人不是只有你吗？我说。不是，麦迪逊说，我们都表演了。他也在动。一开始他移动自己的身体和手臂是为了向我示范，后来我学会了那些序列，他的动作就没有之前那么明显了，后来几乎察觉不到。但他的确还在做：他的腿会弯，膝盖会往前顶一下；他的右肩会抬起，左手小臂会微微甩动。这套舞他参与得一点也不比我少。过了一会儿，他闭上了眼睛，但手脚还是照着之前的节奏、规律，照着机器里起伏的声响和我与之对应的姿势，在隐约地移动、抽搐、抬起。就像我之前说的，他被深深地感动了。我看到巨大的泪珠从他的脸颊上滚落。你看到……？她没有等我问完，直接往下说。然后泪珠变成了抽泣，她说。**抽泣**？我问。没错，麦迪逊回答：他在抽泣。他很高大，而且我之前也提过，有些发胖。但他哭得整个人都抖动起来。他的脸上凿刻着一条条深深的灰白皱纹，泪水流进去，又会从另一头流走，就像排水管道一样。最终他在皮椅中坐下，深深地瘫坐进去，而且示意我这次演出、这轮猜谜、这场游戏，已经结束了：我可以放松了。就在这时候，机器的音调也垮了下来：那些尖齿和呲呲声，本来是如此激烈和跳跃，现在都拉长、压扁了，就如同这东西正在关机一样。除了那像是孩童声音的部分，她说——那部分还保留着，而且似乎变得越来越清晰……

13.15 她停顿了一下，脸上都是警觉的神情，好像她在餐厅里依然能听到那些孩子的声音。然后你怎么办？我问她。我放松了，她说。我是说，我不再一个接一个地摆出那些姿势，只是站在他面前。过了一会儿，等他的抽泣缓和了一些，他睁开眼睛看着我。他垂在椅子边上的手里依然握着那根魔杖，现在他把魔杖递给了我。递给了你？我问。对，麦迪逊回答道：他把这根魔杖，这根牲畜电击棒给了我。那你拿它做了什么？我问。我接过来，她说，就把它放在几英尺外的地板上。然后我转过来面对他，看他想要怎么办；但是他的脸上变得一片空白。于是我就走到窗边。从窗口看出去是一个花园，从眼前一直延伸出去。这别墅建在一座小山上：虽然我们进别墅之后下了一层楼才到了这个房间，但从我站的这一侧（也就是房间入口的对面）看出去，离地面还有两层楼高。我看得到之前说的这个花园，还看到花园里有两个孩子在玩耍。他们肯定都还不到五岁。之前我听到的是他们从窗外传来的声音——并不是从机器里发出的；因为小孩的嗓音和机器的噪音混在一起，我就有了之前的错觉。现在机器的声音已经消减到又轻又缓的咕咕声，像是一只有气无力的青蛙，小孩的声音就能很清晰地听到了。他们正在玩抓人，或者类似的游戏，突然的尖声大笑带着兴奋之情从他们那里飞起，回荡在这个房间里。我又往旁边走了几步，撩起那块挂毯，那块皱巴巴的帘子。后面果然还是墙壁，跟我之前猜测的一样。然后我转过身来面对着房间。我走到那个有很多部件和附属装置的椅子，就是像可以放在牙医诊室里的那把。它上面有些皮带，应该是用来捆绑住坐在上面的人吧，我猜；但这些带子都很松，搭扣也没有，磨损得很严重。然后我检查了一下那个机器，她说，那个小装置，那个控制了我和那个男人那么久的粗笨机器。它确实有年头了：金属外壳也磨损了不少，装着的活门和指针都很古老，旋钮周围一圈的数字都模糊了。屏幕上有网格，扬声器的护栅也是对角线交叉构成的。

不过扬声器里已经没有什么声音——最多就是零星漏出的点滴声波。屏幕上的波浪线也还在，但它们很平静地停在那里。不管这样东西之前做的是什么，总之现在已经不再做了。它和它的操作者一样，变得空白……麦迪逊这时候似乎也空白了，直愣愣地瞪着眼前餐厅里呆滞的空间。那你接下来做了什么？我问她。我在他旁边坐了下来，就坐在地上，靠着扶手椅的一侧。他的手有气无力地垂着，就在我肩膀的边上。我只是坐在那里，他也坐在那里，屋里所有的东西也只是坐着，什么也不做，过了很久。

13.16 我们也只是坐在这个餐厅里，麦迪逊和我，没有说话。我想不到要说什么。下午的天光正在隐去，女服务员和厨师吃着晚中饭，或者早晚饭。终于我问她：你怎么出来的？从哪里出来？她回问。那个房间，我说，你怎么离开那个房间的？我没有，她说。没有立马出来。我靠着他的椅子睡着了。如果不算上他们突袭前我在学校里睡的个把小时的话，我起码有两个整天没有合眼了。他也睡着了？我问。谁？她问。那个男人，我说。可能吧，她说。他坐在扶手椅里很久都没有动。他的呼吸很平稳，很深，我也一样；然后我就睡着了。等我醒过来的时候，他已经不见了。机器已经被关闭：波浪线不见了，连平的线也没有；一点噪声也听不到了。小孩的声音也听不到了。我才醒过来，房间里就又进来一个男人；可能就是他在走廊里发出的脚步声把我吵醒的。这个人要年轻得多——可能就三十来岁。他的衣着也很考究，但比起之前那个长者要显得便宜一些。他很友善，问我是否休息好了；我告诉他是的；于是他说：**好，那我们现在就走吧**。他跟你说的是英文？我问麦迪逊。是的，她回答；很标准的英文，只有一点点意大利口音。我想他可能是领事馆派来的——低阶的官员。这种职位他们会用当地人的，不是吗？她问。我不知道，我说，结果他是不是？谁？她问。这个后来进来的人，我说。我不知道，她回答，我一直没弄清楚。不过，我也没有问。他把我从房间领出来，带着我穿过一些走廊和门，不是我之前走的那些，然后走下一些台阶，突然我就发现自己回到了之前的大厅里，那个接待区域。你是说走**上**了一些台阶吗？我纠正她道。不是，她坚定地说：下。这个男人把接收凭据给了接待员，肯定是之前那个便衣给了他，我就把自己的东西拿回来了。他还问了一句：**东西在这儿，缺吗？**——之类的。我就回答：**没有吧，我觉得**，或者类似的话。我的手机不在，但记得是落在学校里了。他引着我走出大门，到了鹅卵石铺成的院子里；他还是用很友好、热心的语调说，我最好不要回市中心去，因为警察还在搜捕看上去像抗议者的人。**往那边走**，我们走到大路上的时候他说，朝右边一指；然后转身回到了别墅中去。

13.17 你呢？我问。我？她回问。是啊，我回答，你接下来怎么样了？我就照着他提议的方向走着，她说，走到某个像是郊区的地方。天气很好：和暖、晴朗，懒洋洋的。我记得沿着路旁边的花园墙上，垂下来很多花花草草。我经过了一个工坊，里面有个男人在用锯子锯什么东西；然后就是几家店铺。其中有这么一家服装店。我进去用信用卡买了几件衣服：一块披巾，一个帽子，一条裙子。不是什么多好的衣服；就是郊区中年妇女会穿的那种。

在店里的时候，我试着问店员旁边是否有公交或者地铁；她告诉我：ferrovia——铁路，果然，几百米之外就是一个火车站。一个站台是去市中心，另外一个去都灵。所以我就在第二个站台上乘了下一班火车。在火车上，过道里有张线路图，我看到都灵前面一站的旁边有个小小的机场标志，还写着 Internazionale[1] 的字样；我就在那里下了车，然后买了一张回伦敦的机票——用的还是我的信用卡。我记得我当时觉得很讽刺。什么很讽刺？我问。我是在抗议资本主义，但最后却是我的信用卡救了我。哦，我明白了，我说，是有些讽刺。有一班飞机是五个小时之后起飞，她继续说道。我买了机票之后就在那里等了五个小时飞机，几乎一动不动。麦迪逊双臂张开，手掌向下，按在桌布上，用一种坦诚却空洞的眼神盯着我，总结道，这就是我怎么会在都灵—卡塞勒机场的。

13.18 这个时候，员工用餐也已经结束了。暮色降下，但餐厅的灯还没有打开。麦迪逊靠在椅背上。因为她的脸离我更远了一些，变得有些模糊。要说到都灵，她停了一会儿之后说道，就是在这个地方，他……我知道，我说，这是他们存放裹尸布的地方。不是，麦迪逊告诉我；她想到的不是这个。我想到的是另外一个人，那个后来疯掉的，她说。什么另外一个人？我问。那个有名的哲学家，她回答。克尔恺郭尔还是叔本华还是谁；宣称上帝已死的那个。哦，我告诉她，你说的是尼采。可能是，她说。我很肯定那是尼采，我说。不管了，她回答，是谁不重要：重点在

1. 意大利语：国际。

于——我是很晚才发现有这件事——他在都灵的一个广场上，看见有人在抽打一匹马，然后他就哭了。你能想象吗？他曾经费尽心血对付了那么多大问题，面对着那些复杂的、关乎全人类的问题，他思考了那么多，写了那么多，结果是一匹马让他脑子卡壳了：一匹什么都不懂的马。它的主人、马车司机，还是马的管理者，不管是谁，总之在用鞭子抽它，克尔恺郭尔、尼采，或是别的一个什么人，看到这残忍的行径，嗡的一下就错乱了，成了个疯子。他后来再也没有写过一本书。那天谈话中她第一次表现出真正的不安。这世上有那么多东西，她说，偏偏只是一匹马……她的声音气若游丝，就像她的脸：黑暗在它周围聚集起来，每过去一分钟，都让它的边缘更加模糊。我们在无声之中继续坐着，听街上隐约的来往车辆，和餐厅员工不急不忙地准备着晚上的开张。

14

14.1 接下来一周，我飞到了纽约，参加这个报告会。我不用做什么展示、开讲座，或者诸如此类的事情——只需要参加一堆小组讨论就可以了。出乎我意料的是，（和在法兰克福截然不同），这次不管我做什么，都有人在恭维我。显然是佩曼替我做了宣传。虽然在那些对话中我几乎什么都没有说，但周围的人对我几乎达到了谄媚的程度，只因为我是（不断有人这样表述）Koob-Sassen 工程的“设计师”之一。我表示这个标签实在是夸大到不着边际，坦白了我自己所做的微不足道的贡献，并解释了我在地底下东拼西凑来的东西只是巨大拼图里的一小块，但所有像这样的抗议都被当做是老派英国人的低调谦逊，效果适得其反，让我本就莫名而来的威望和地位更提升了一些。行业内的媒体花了大力气报道这次会议；每次讨论结束，都有小小的采访，有很多我信口诌来的话，事后自己都记不得，他们却急切地要用在报道中；采访之后我和其他的与会者就被豪华轿车送到餐厅，菜肴贵到菜单上都没有价格，当然，不管是多少钱也不用我们自己掏腰包。

14.2 会议第三天，离我在肯尼迪机场的回程班机还剩几个小时，我成功地从这让人晕头转向的热闹场面里脱身；发现自己有了一点点说短也不短的空闲时光，也没有迫切想做的事情来填充它。我坐了大概一个钟头的地铁：随便选车站上下，走上几个街区，碰到了下一个标着字母的地道就重新钻回地下去。我并没有循着什么特别的路线——只是穿越和交叉往返，只是掉头，只是重复覆盖某段相同的轨道；但不管怎样，就像有根用来探寻矿脉或水源的占卜杖，我被一股微乎其微的引力牵着一路往南向市中心移动。最终，我只得抛下这些都只是巧合的幻觉，决心完成我之前有意无意间一直在做的事情：就是去往曼哈顿的最下方，到盘踞在它最南端的那个渡运码头去。

14.3 “南码头”本来是为码头服务的地铁站，但因为某些原因关闭了，所以我就在“雷克托街”车站下了车。站台上有个标志，告诉乘客往哪里走是9·11纪念馆；远端还有一个标志，写的是**渡船—开往斯塔滕岛**。在公共场所看见那个名称被打印出来，如此巨大、醒目而且官方，觉得有些怪异，因为私下里，我盯着它——或者它的各种变体——已经很久了，此时我就感觉好像穿行在自己的一份卷宗里：沿着那些随机联系起来的渠道，经过它的一系列坐标。在那块标志的后面有个狭窄的楼梯，走上去之后是一条沐浴在晚冬阳光里的街道。街两边夹着古老的建筑。其中一个的门廊上刻着名称：**纽约州机动车管理局**。另外那些没有名字的建筑也像是政府机构：比方说税务局，或者公共档案的存放处。在这些建筑之上俯瞰它们的，是尚未完成的**自由塔**的骨架，周围布满了吊车。观光直升机的嗡嗡声弥漫在空气里；就在那个机动车管理局后面，我看到一架正在起飞，玻璃鼻子嗅着地面，与地面平行滑行了几米之后，横着向天空离地而去。另一架悬停在空中，机头冷漠地微微抬着，等待降落。时不时有巴士倒车时发出的“嘀嘀嘀”声，打破了螺旋桨让人五脏六腑都被撼动的深沉频率，或者至少可以说是打断了它们。这里到处是巴士：MTA[1]巴士有的在掉头，有的在终点站里放假；观光巴士吐出游客，正在等待新的乘客。穿着黄色夹克衫的男人正在兜售车票，有这些观光巴士的，也有直升机和轮船的：你可以在空中或地面游览曼哈顿，也可以坐游轮到埃利斯岛和自由岛。当然，没有人在招徕去斯塔滕岛的游客，因为轮渡是免费的——即使需要付费，也不会有人想去那里观光。

14.4 我想去那里。为什么？我不知道。人做任何事情说到底都是没有道理的。我有些抑郁，这并不意外。我已经有好几个月是这个心情了。**工程**显然成功了，至少表面上是这样，虽然在公司为这项历史性的不朽事业所做的贡献中，我起到了“举足轻重”的作用，我也因此得到了喝彩声（基本可以肯定我的收入和在公司的地位会有一次提升，或许还能给我一间高层的——至少是在地面以上的——办公室，我到时会多么想念排气管道的声音！）——但这些对我来说都毫无意义。任何事对我来说都毫无意义。**现在进行式人类学**™？**跳伞者悬案**？捣毁、碾碎、溶解，它们是从一时兴起的空泛泡沫中冒出来的，此时就让它们消散回

1. 大都市交通管理署（Metropolitan Transportation Authority）的缩写；是纽约地铁、巴士、轮渡等公共交通的管理部门。

那堆泡沫中去。**都灵—卡塞勒谜团**？麦迪逊的故事跟列维-斯特劳斯笔下的部落一样，纯粹就他妈的不可理喻。这里面能救出什么“圆点密码”来？但那个华丽而鲜活的岛屿之梦依然还在，深藏于某个角落，现在开始生长，在浮出表面的同时似乎有脉搏在跳动，未来将会展现的重大意义此时就散发出光芒，有种让人觉得难以抵挡的潜能。有事会发生——我很确信地告诉自己，虽然这种信心我当时和现在都无法解释，而或许正是因为无法解释，才显得那么无懈可击——如果我到了斯塔滕岛，一定有事情会发生。而且我会明白一些事情——如果这乱七八糟的一切没有豁然开朗，至少是**一些事情**。一些事情，虽然不是全部，但总比没有好。就像遭遇海难的水手抱住一块漂流木，就像只剩最后一个筹码的赌徒伸手去拿骰子做最后一掷，我被牵引往下，一直到了曼哈顿的最底端，身上除了要坐上这条渡轮的信念之外，什么装备都没有。我还会坐上这条船回来吗？或许；或许回不来。任何事似乎都有可能发生。

14.5 沿着炮台公园的外围往前走，我找到了几个指向渡船码头的小告示：印得有些廉价，挂在路灯柱子上，和其他更正式的标识争抢着空间；这些标识有的指向炮台公园，有的指向木球草场，还有的指向另外一个纪念馆，纪念越战老兵。我必须在熙攘的人流、人堆和等候队伍间穿过，耳朵里听到的是西班牙语、日语、法语、德语和中文普通话，还有些天知道是哪里的语言，终于，在密密麻麻的椒盐卷饼摊和皮塔三明治售货车织成的帘幕间，码头从一条缝隙中露了出来。码头建筑看上去一点也不陈旧：全是玻璃和金属，和公司总部的风格有些相似，入口处上方是几个巨大的三维字母，钢铁打造，用粗壮的字体高调宣布，这里是：**斯塔滕岛渡船**（STATEN ISLAND FERRY）。我循着小路朝码头走去，更多的小吃摊和灯柱在我视线里经过，会在片刻间遮住其中的几个字母；于是入口处的名称就变成了“SATE I LAND”[1]，几秒钟之后成了“STATE IS ERR”。这引发了我的极大兴致；我开始没有规律地前后左右移动，通过删减和恢复字母引发新的组合。我看到过“SAT AND FRY”、“SANS LAND”、“TEN SANDER”，以及“TEN IS LAND”……这些字母就像是在拼字游戏中不断自我重组，试图构成一个可以通过的单词；或者像是密码锁上的数字，既独自转动，也缀连成整体的变化，每次拨动都是通往正确序列的契机，直到“真实”的数字显露，砰地打开它所守卫的那个保险箱，让箱中所纳之物纷纷落出。FER. AIL. END. S A I L[2]——我在一段十码左右的路径上来回走了四五遍之后，终于，我激动地看到了：S AT I N。当这个词拼出来的时候，一股毫无理性支撑的幸福之感排山倒海而来。只不过，这种感觉延续得很短：它马上又变化成了 STA I N[3]；然后屋檐几乎遮掉了全部的字母，只剩下 ST。而就在那个时候，巧的是我意识到左侧有个男人的声音在反复喊着类似于 Stix 或 Stycks 的一个词，就像是星巴克（Starbucks）缩略之后的发音。而且他的语调里像是在审问谁。朝声音的方向转过头去，发现是个老式糖果摊的小贩，在一个推车后面卖棉花糖。

---

1. 大致可理解为“满足我之地”；接下来的五组字母一样也没有明确可解的含义，大致表述为：“国家必谬”、“坐下和油炸”、“无土地”、“十个土人”和“十即是地”。
2. 无意，后三个字母组合或可理解为：病痛、终结、航行。
3. 污迹。

有一个父亲给两个孩子买了棉花糖，小贩正在问孩子们他们是想放在袋子里还是用棍子插着（棍子，sticks，一定就是我听错的字了）。小孩说要棍子；小贩把蓬松的人造糖递给他们，他们就安静地站在那里啃起来，眼睛也瞪着我，脸上黏黏的都是敌意。

14.6 码头建筑外表虽新，内部却还是又脏又暗。有些地方已经用木板盖了起来，等待修缮。大厅里弥漫着爆米花、热狗、披萨和甜甜圈的味道，让本来就比室外更温热的空气更加饱和——厚重得让人反胃。乘客在里面走来走去，等着渡船：这些都是普通的市民，每天都要坐船上下班的。其中有几个穿着西装——廉价的涤纶西装，属于底层白领的制服；但大多数人身上只是平淡的休闲装。他们看上去百无聊赖，邋遢、疲惫、超重、健康状况欠佳，而且总体而言就是非常、非常**普通**。一个 MTA 的人用喇叭喊道，3 点 30 分的那班渡轮会**暂时**（momentarily）到达。他其实想说的是“即刻”（in a moment）；但想到那些渡船的确在灵活而又永不停歇地周转着，“暂时”这个词虽被误用，却也在**片刻之间**发挥出了它的正确含义。这个男人的喇叭，他不容置辩的烦躁语气，都让这个现场有了种紧急撤离的意味：看着这些死气沉沉的颓丧的乘客，我想到的是难民正在往某个临时搭建的收容处疏散。他们中有一个架着 T 字形拐杖吃力地走着，另一个撑了根手杖，还有一个戴了顶极不合适的假发。轮渡站的墙上基本都是光秃秃的。这些墙慢慢合拢，像是一只要把乘客倒进远端移门的漏斗，而在门的旁边，贴着一张低投入医疗保险的广告，另一侧的一张卖的则是债务偿还综合方案。这张海报的左侧有几扇很大的窗户，窗外的吊桥因为没有船进港，升起来了。有一只海鸥停在横梁的一头。吊桥下方的防护栅就是紧密排列的木桩，泡在水里的那部分已经开始腐坏。再远一些，油轮在海港中驶过。我可以看到“红钩区”的码头上一艘油轮正在装箱，巨大的吊车就像昆虫将死之时痛苦地挺起身来。我的目光朝港口前方扫视，右边可以看到总督岛、自由女神像、新泽西的轮廓（又可以看到几台吊车）；而地平线上有个灰色的隆起，比它们都远，就是我们要去的地方。

14.7 大厅渐渐拥挤起来，正朝我逼近。一位捧着汉堡的女士从我身边经过的时候撞了我一下。拿着喇叭的男子又播报了一遍那条“暂时”消息。我发现墙上有个小屏幕，我之前一直没有注意到。上面放的是斯塔滕岛的诱人之处：一组指向不明也无甚特色的场景——几个人在打高尔夫球，或分享一顿佳肴美餐，或者在一个看上去还颇赏心悦目的灌木林子里散步；一个旋转木马；一个足球场，上面有孩子在奔跑；一个男子划着独木舟经过芦苇和蔗草。这些也没有什么特别的顺序，然后就换成了一艘橘色的渡轮，缓缓驶在平静的水面上。这一段可能是直升机环绕着它拍的，所以可以从船头、船尾、左舷、右舷多个角度看它自得地滑过海面，而底下的海水也似乎很乐意接待它，甚至推动它向前。这一幕很有田园风味：这艘亮橘色的航船，穿过午后，穿过流逝的时光（看上去是这样），抛下所有的法规和责任，到达彼岸，而那里所有的一切——甚至我们的罪——都会变成肥料，变成护根、遏制杂草的覆盖层，变成苔藓、牧草和湿地，让野鸭和白骨顶鸟来此筑巢。或许我也能以某种方式在那里栖居，我对我自己说；平静地漂浮到一个地点、一块土地，从那里可以通向别样的广漠山野，打开万事万物都焕然一新的领域。我的视线从屏幕转开，看着真实的海港、真实的水。阳光低低地从水面上扫过、弹起，海港望去也亦真亦幻，很有田园之气。我能分辨出有一艘渡轮确实正朝我们驶来：它和影片当中是一样的橘色，让人觉得它是从海上迷蒙的光亮中成形的，就如同空气中的分子和之前的字母一样，在不断重新组合，试图凭空塑造出这么一艘船来。大厅里其他人也发现了那艘船：激动之情在人群中荡漾，表现为几百条腿换了姿势，肩膀不再松垮，背包甩到身后，以及从整体上看猛然朝尚未开启的移门有力推进。我用视线再次扫视这个大厅的轮廓，才意识到这个建筑本身就像一艘渡船，两侧的墙壁像船舷一样由北向南收紧，从曼哈顿的土地朝水上延伸，直到在移门的扁平船头处汇合。我这才意识到它是费了心思设计成这样的，想要给前来停靠的船只制造一个镜中的对应物。当这艘船——我的船——越发逼近时，因为即将发生的一幕我激动得都有些晕眩了：一个空间遇到了自己翻转后的样子，正与负相逢，合二为一；而另一个值得晕眩的方面，是我将站在这次伟大融合发生的地点。这也不只是一种期待：渡船又近了一些之后，让人感觉某种可见的变化已经发生，除了渡船，连码头也在移动，即刻会将我送入某个华丽、诡秘、神奇的境界。

14.8 吊桥正在放下；乘客拥向移门。那个 MTA 的人在喇叭里宣布 3 点 30 分的渡船已经到了。这条消息他重复了几次。他声音里有种仪式感，仿佛在念咒——好像由他宣布船的到达是到达本身的一个必要成分，缺了他这件事就无法顺利发生。船体接触防护栅的时候，地板颤了一下。我能看见船的名字：**锐意求新**。在这几个字的上方有个小小的船舱，舱顶插了一根雷达天线；我可以看得见船舱里船长在对着无线电说话。无线电的噪声在我左右呲呲响起来，MTA 的工作人员和分散在大厅里的安保人员都配备着对讲机。这种噪音还夹杂了爆米花的声响：我附近有几个人一边吃着爆米花，一边看着渡船靠港，然后再看着坐这艘船来曼哈顿的乘客上岸。这些抵达的乘客不管从衣着或举止，都和将要登船的这些人如出一辙，但两方被玻璃墙隔离，下船的人通过侧方一根管道前往出口。等到他们中的最后几个也逐一离开，移门打开，我身边拥挤的人流朝登船口进发。

14.9 我是被他们运送过去的，这些摩肩接踵的人；站在他们中间，我没了多少自主行动的能力。因为大厅的形状是一个 V 字，人群越接近 V 的底部越密集，就像沙漏腰部的沙子一样。我试着回想我的航班时间；还有几个小时。透过玻璃墙，我看得到空中的飞机，全都以陡峭的角度上升和下降，因为它们下方是纽瓦克的机场。但不管是升是降，不管来自何方、去向何处，它们的蒸汽尾迹相交，也在斯塔滕岛上方构成一个巨大的 V 字。它们指向那里；天空指向那里；风往那边吹，推着滑翔的海鸥沿着飞行的走廊去向那里，还将一缕缕的云捋成和飞机尾迹平行的线。地面上，旗帜朝那个方向扯着旗杆，“红钩区”和新泽西的吊车都往那个方向倾斜；甚至自由女神像也指着那个灰色的隆起。玻璃墙之间越来越窄，人群也越挤越紧，直到我们共同构成了一个瓦努阿图的箭头，将要沿着一条横跨海港的弧线，射往那个必然的终点，这似乎是周遭一切共同的轨迹；而此时，只剩几步宽的码头和吊桥还横在我们与那离弦时不可逆转的“嗖”之间……

14.10 只是，我没有让自己被送出那扇门：在最后一刻，我停住了。这并不容易：各个方向上都有身体卡住我。我必须推开他们，勉强转过身来，还要抓住、抬起迎面而来的许多手臂和肩膀，才得以朝相反方向前进。最后几步中的某个时刻，我决定放弃乘坐这艘渡轮。去斯塔滕岛——**真正**地去——会是彻底无意义的。它能在现实中解答或消解什么呢？什么都不能。不去那里，当然，也是彻底无意义的。于是当我面对丝毫不见疏散的人流，必须全力以赴才不至于往后退时，我实际上是悬置于两种无意义之间。我选对了吗？不知道。我费了好些力气挤了出来，站在旁边，看人群像游行队伍般在我面前经过。因为互相之间靠得太紧密，要说是人流的话他们的推进并不顺畅，都在拖着脚步一点点挪动，不过这种停停走走的顿挫感也不激烈；他们的目光并不是定在前面一个人的后背上（虽然眼睛全都朝着那个方向），而是落在了更远的地方，或者，他们只是哪里也没有看。我忽然想到应该替丹尼尔把这个场面用手机拍下来，或是替我自己——但我并没有行动。我只是站在那里，观赏着眼前这一幕。撑着 T 字拐的人缓缓走过，然后是戴着假发的，几个穿着涤纶西装的，还有那些穿着平淡休闲装的人。很多人背着小号的背包，基本上都松弛地挂在一侧肩头；不过有一个年轻人，不但包很大，而且两根背带分别在双肩上勒紧，还有一根带子拦腰系住；只是拉链倒没有完全拉起来，一块肉色的、像布一样的东西挂了一截在外面。一个女人穿了双黄黑条纹的鞋子从我面前经过，有片刻之间我还以为这是那个**部长**。这是我的时差在作怪，把我头脑中的时间和地点全部搅浑。在夹缠不清的一堆四肢和躯干间，我看到谁的脖子上有个硕大的肿块。我看不清他们的脸——只看得见脖子，但这也是一闪而过。直升机的嗡嗡声又起来了；我想到了蜂鸟；一台无线电又发出呲呲的声响，有些孩子，可能是吃棉花糖的那两个，可能不是，一前一后经过。人群越来越稀疏，直到最后有几个晚来的人快步从我面前赶过去；移门关闭；几乎是同时，吊桥被拉起，就像前方是某个我本就不可能进入的城堡。

14.11 透过关闭的移门和它们星星点点沾满海水盐渍的玻璃，我看着船从泊位上退出去，海水翻涌，船身碰撞着两侧的防护栅。退出泊位之后，它转过船体，径直向着地平线上的那个隆起开去。斯塔滕岛已经不再是灰色的了，它扩展了：太阳在它正后方，给它围了一个光圈，小岛于是变幻成了一个铺展在港口中的亮橘色的池子，微微抬升于海面之上，像是与海水不相干的另一个水体，但在两个层面相切时，池中的水光又会朝海面溢出；它正朝渡轮铺展，即刻就要吞没渡轮，把那些橘色的像素一个个拆散。而小岛的水雾散发得更远，已经掩过了渡轮依然还在视线中的船尾，还给渡轮和其他船只的尾流添了一抹金属质感的银色光泽。尾流数不胜数，互相切割也构成了纠缠在一起的无规则图形。**亲属体系**：这个词在我脑中闪过，我鄙夷地哼了一声。大厅里只剩下三四个人没有上船。他们像我一样，看着海港，看着光，看着彼此。他们也是人类学家吗？当然不是：其中两个手里有无线电，一定是便衣的安保人员；另一个是 MTA 的工作人员，身侧挂着那个喇叭。第四个人是个流浪汉，正逐一查看着一排付费电话。就是这样：有一小会儿，空旷的大厅里只有我们五个人，就像一场没有什么情节的日场电影，在这些被丢弃的爆米花盒子之间，我们的站位（似乎）是有某种逻辑的，虽然我一时之间还想不到。清洁器嘎嘎响着开始运转，它喷着消毒液爬过地板，刷子缓缓旋转。然后下一班渡轮最早的乘客开始出现了，整个循环再次启动。

14.12 我也说过，我当时正受时差之苦：头晕目眩，不知该往哪里去。我赶到**斯塔滕岛渡轮**码头是为了乘渡轮的，但最后却没有乘；或许我到那里就是为了**不乘**渡轮。我在那个相同的位置站了很长时间。那两个便衣保安和 MTA 人员也一样。我们几人的站位，这种像是雕刻出来的几何结构，曾经有几分钟如此清晰、（同时）又如此神秘地印在我的头脑里，随着大厅里乘客越来越多，也在人群中黯淡下去了。但它依然还在——我们当中没有人移动过——只是被遮掩或埋藏了。那个流浪汉也还在，慢慢地从一个电话移到下一个，检查有没有零钱遗漏在机器中。为了触发让零钱解锁的装置，他还必须每次都拿起听筒，等几秒钟，听有没有硬币落下。一次都没有。我又朝海港的方向看。水上炫目的光彩此时已经曝光过度，让人睁不开眼睛，吞噬了一切：刚刚的渡轮、斯塔滕岛，还有其他的地标和大部分的天空，都在一场光的大屠杀中消失了，而它在视网膜上留下的影响，让我的目光转回到大厅时，又觉得这里实在太暗了。花了好几秒钟我才调整过来。然后我就发现自己一直在观察那个流浪汉，他把听筒放在离耳朵很远的地方，完全没有要听一听或者往里面说话的意思。他的样子整个就不对劲；这叫“年代误植”。现在谁还用公用电话？我甚至怀疑这些电话都已经坏了。我始终盯着他看；他抬头的时候我们对视了一会儿；我觉得很尴尬，就移开视线，开始往外走。我绕过越来越多迎面而来的人，走出了渡轮站，回到了城市中。

致谢

《撒丁岛》有最初的想法是我2010年在斯德哥尔摩的“国际艺术家工作室项目”（International Artists Studio Programme）中作为“驻市作家”的时候，当时我主要时间都花在把石油泄漏的画面投影在一面巨大的白墙上，可以一连看上好几天。一年之后，纽约的“小说中心”(Center for Fiction)同样慷慨，让我借用了一个极为宽敞的办公室，可以坐在里面思考“为何写一部关于凡事都不可能的小说是不可能的”之类的问题。等这部小说步入正轨，Alfie Spencer、Ednyfed Tappy和James Westcott让我见识了当怪诞孤冷的想法涓涓流入新时代大公司文化的亚马孙森林时，会引发怎样奇特的漩涡和交叉水流，这样的帮助价值无法估量，我十分感激。我还要感谢Clementine Deliss，她如果只是向我展示了她那个了不起的博物馆，我就已经要感激不尽了。Paul Rabinow我从来没有见过，但不得不提，他对于“当代性”这个概念才华横溢的阐发，被我不知羞耻地大肆挪用。《撒丁岛》和所有的书一样，有成百上千的借用、回声、混响和简单的复制。要把它们全部列出来，大概需要和正文一样的篇幅。喜欢分析的读者如果愿意的话，可以沿着某些线索研究下去，想必也能消磨掉一些时间。

最后，要感谢 Cape 出版社的 Alex Bowler 和 Knopf 的 Dan Frank，我对他们高水准编辑工作的亏欠太多，只能说已经达到了倾家荡产都难以偿还的程度；同样的感谢也要献给纽约的 Melanie Jackson 和伦敦的 Jonathan Pegg，以及无所不在的 Eva Stenram。

还好你是小说家

要写汤姆·麦卡锡，两点为难。一是瞪着“现实”、“当代”、“先锋”这些概念太久，类似严刑拷问嫌疑人过了头，你想听什么他们都立马招认给你；或者像是炖肉，总觉得滋味还没真正出来，到最后煮烂了，完全夹不起。二是如果一个小说家给自己小说的中心思想都提供了标准答案，我们还能多说什么？除了把中心思想再提炼一下？

《撒丁岛》2015年2月出版的时候，麦卡锡在《卫报》上抛出一篇文章，标题一时间在网上随处可见：“写作已死——如果乔伊斯今天还活着，他应该在谷歌上班”。点开，导语也很明了：“我们的生活几乎每时每刻都成了电子化的档案。今天规划我们体验、观念、信仰的是软件。作家该如何回应？”在这个诱惑点击、病毒传播的时代，难得见到这么尽职尽责如实反映文章乃至背后小说主旨的先行文字了，真有疏忽了什么，那也是忘记贴上“内有剧透”的警示。

文章里麦卡锡具体说了些什么？第一部分袒露自己最新的人类学倾向，说自己终于发现二十世纪中期最好的法国作家是列维-斯特劳斯，认为“现代人类学之父”马林诺夫斯基的那句“记下一切”很有道理。突然，他假装顺理成章地感慨道：作家应该是人类学的先头部队；让小说成为一部囊括一切的“大报告”是多么迷人的想法。就像麦卡锡十分仰慕的乔伊斯一直说：《尤利西斯》要留存整个国家、民族、时代。但小说家真有本事全盘刻画我们这个浸润了数据的时代吗？我们的每次点击不都被登记了吗？我们的每一个脚步，如果没有被卫星和监控收录，也已经被我们的随身设备出卖给了某个二进制的数据库。我们所有的视线、欲望、冲动、饱嗝、反胃、呻吟、咒骂，都渐渐成为某种运算的养料。马拉美说，每一样事物存在，都是为了落进书中，并把生命最后几十年用来写那部 Le Livre（英文就是“The Book”，终极之书，绝无仅有之书），或许我们该承认，这本书已经在云中写成了，只不过没有人类能读而已。所以麦卡锡那篇文章要说的，倒也不是乔伊斯真的会投简历去谷歌打卡，而是谷歌和它的伙伴们所完成的对人类的记录，早已超越了乔伊斯和马拉美的想象。

大致就是这样。写作已死。小说已死。至少，这次麦卡锡拿出的刺杀小说的方法还是比较新颖的。当然，每次传出这样的假消息，总有心地柔美的文人义士冲出来说，放屁，做梦，小说哪里死了。也算双栖在艺术圈的麦卡锡好比是完成了一件行为艺术：“小说已死”当然是玩笑话，那些手里还举着兵刃护卫小说的人，难道没有读附在文章后面生命体征明显的《撒丁岛》？还没跟它缔结商业关系时的一句话书评至今没有改过口：我大概还没有读过每页都向着主题，却又能写得如此轻盈有趣的小说。

麦卡锡在艺术界最有名的手笔是创立了一个半虚构的组织，叫做“国际灵航协会”（International Necronautical Society，简称 INS），宣扬“假”与“复制”，比如展览开幕会找个人扮演“汤姆·麦卡锡”出席，比如“总书记”汤姆·麦卡锡会突然清洗领导层，开除几个成员，其中一人的罪名是“还没死”。他们甚至在《泰晤士报》买了版面发表宣言，上来第一句是：“死亡是一种空间，我们要勾勒它，进入它，殖民它，最终在其中定居。”我想，如果让他知道中文译者在他的书后面宣称他的小说是“围绕中心思想”而写，一定怒不可遏，会下令把我处决；既然如此，我就不妨把《撒丁岛》的“情节”也一并概括了吧。

小说主人公叫“U”，可理解为 you，你，universal 或 united，普遍、联合，unit，独立、部分，这些也都是译者的妄加揣测，或许和小说文本根本没有关系：

“我是一家咨询机构派往企业内部的人种志研究者。

“一个为企业工作的人类学家到底做些什么工作呢？我们供应对文化的洞悉。这又是什么意思？意思是我们拆去文化（我们的文化）的针脚，分解织物的经纱和纬线——它所引发的情境，和支撑以及滋养这种文化的理念——让客户了解，如何在这种面料上获得最大的附着摩擦力，同时把他们自己那根细腻柔滑的蚕丝纺入其中，并且用战略化的微型叙事进行渲染和加工（说法繁复，其实就是‘帮他们卖产品’）。

“作为‘企业人种志学者’，我的本职工作，我的‘官方’功能，就是从五花八门的情境中收集意义——就像物理学家从某些普通的混杂物中提取纯净、不含杂质的精华，就像矿工从大地深处找到金矿——但我有时候容许自己这样想：其实，真相正好是颠倒过来的，我的工作不是将意义从世界中取出，而是把它们放进去。”

当然这听上去多少有些飘渺，怎么也不像是个正经生计，但如果你是 U 的父母，找出“具体”的工作案例也并不能让你放心多少。下面引一段他为牛仔裤厂商提供的服务（阐释牛仔裤上的褶皱），看他如何“供应洞悉”、“将意义放入世界”，并最终帮着“卖产品”的。下狠心没有删减，为的是让读者能在文本作为一种空间和时间的维度上感受小说氛围（换句话说就是可以略读；而且我保证后面不会这样引自己的译文了）：

“……为了给它们建立一个框架——也就是说依靠这个框架才能向客户阐释这些褶皱真正的深刻‘含义’——我盗用了法国哲学家德勒兹的一个概念。对他来说，le pli，也就是‘折’，描绘的是我们吞下外部世界、将其翻转然后再吐出的过程，并在此过程中形成我们的个人身份。其中德勒兹那些关于革命的瞎扯我一概没有涉及（他是个大左派）；也没有把德勒兹放在引用名单里。这些大型的零售企业很看不上这种家伙。对于另一个法国哲学家巴迪欧，我也是这么干的：我回收利用了他一个叫做“撕裂”的概念，他指的是时间上的某种突然的断裂，很自然地就让我用在了牛仔裤的裂纹上，我把它们看做是穿着者与众不同的胎记，证明了个人与大历史割离之后，建立起了属于个人的时间架构。这部分哲学所牵涉到的激进思想也被我扔掉了。于是，我在‘公司’的标准程序，或者说 MO ［译者按：惯用手法］也就建立起来了：将先锋的理论——几乎无一例外出自思想图谱中偏左的那侧——注入大企业、大资本所代表的机器之中。这个机器什么都咽得下去，毫无痕迹地将它纳入自己的组织中，就像一个无比庞大的织机，不管原料如何的难以驾驭或格格不入，它都能把它重新织进我偶像所谓的那个‘统摄形式’之中——如果算不上的话，那至少是‘统摄者的形式’。”

没有吃透他在讲什么的人不用为此丢失睡眠，也不用担心这些话应该当真几分。当然了，把世界看成是平的，把最深刻的后现代哲学和最细碎的虚荣诉求并置，不但可以照惯例作各种后现代的解读，本身也是体贴人性的立场，但像这样的片段放在小说里，我们唯一需要确认的就是其中的“不正经”，或者就是大家所谓“一本正经的胡说八道”。其中正经和胡说各占多少比例，在我看来，是根据每个读者的不同心性调配的；但至少有一点：用左派的道理去帮大企业牟利，本身就很滑稽。

“大企业资本主义”收管一切是《撒丁岛》的主题之一，但在英美小说界已经被公认的先锋派擎旗手汤姆·麦卡锡做了件派头更大的事情，他要用叙事呈现一种当代生活——一种乔伊斯被互联网取代——的印象，这也是为什么有的评论者说这才是我们拥有的第一本“网络小说”。为了方便讨论，我在译书过程中慢慢觉得这种“当代感”似乎可以归纳为三点。一，什么都被干了；二，什么都干不了；三，干了什么不知道。而这三个方面都可以借用U为之焦虑了整本书的一份工作来解释：除了那些时有时无的“制造意义”的小活儿，公司领导还给他分配了一个大任务。这位有点精神导师气质的佩曼告诉U：你要写一份“终极文献”，一本“绝无仅有之书”，里面是对我们这个时代的所有“评判”。这件事凌驾于你在公司的所有工作之上，也是我找你来的真正原因。

第一点“什么都被干了”当然就指的是“一切已被记下”的主调。U慢慢惊恐地意识到，这份“大报告”不仅没法写，或许其实已经写好了；他觉得自己不仅是多余的，而且他居然会相信佩曼去写大报告，这件事本身可能就已经让他成了大家的笑柄。第二点，“什么都干不了”，我们的时代是个分心的时代。(《查特莱夫人的情人》第一句说“我们的时代根本是个可悲的时代”，或许我们现在也很可悲，但大家集中不了注意力，所以谁都没发现。）整部《撒丁岛》就是U一次次被各种媒介扰动的飞扬哲思带走而始终没法好好动笔写“大报告”的过程。杰夫·戴尔（Geoff Dyer）和汤玛斯·伯恩哈特（Thomas Bernhard）的读者一下子认出很多现代小说的架构，就是不停地提醒读者，你手中这本书本来该是什么样的，我如何如何就一直没写出来。第三点是干了些什么连自己都不知道。用一个字母给主角起名让人想到卡夫卡的约瑟夫·K，而卡夫卡对于官僚体系的描绘也映射到了这部小说里大企业恢弘无边的层级体系中。大致上，整个故事两头，是“公司”赢得了一个叫 Koob-sassen 的项目，最后成功投入运行——这个项目是如此的形态万千加无所不在，所以 U 对它的了解也没有比读者多多少——而我们始终对它一无所知。U 在解释 Koob-sassen 为何隐形的时候，说是因为它无聊：如果联想到我们每次那么爽快地“同意”那些“条款和条件”时，它管辖了几乎所有我们享受的网络功能，但我们从来没读过哪怕一个字，恐怕就有所领会了。就像上文所提到的，我们难以想象 U 那些“诠释产品”和白日做梦的工作能对 Koob-sassen 产生什么影响，但到了最后，他却莫名其妙地作为 Koob-sassen 的设计师成了名人。

另外，不用担心预先知道 Koob-sassen 会成功或 U 会受追捧就像知道了悬案凶手，影响你看小说的兴致，这本小说的主题是“一事无成”，而且 U 一开始就提醒读者，要是你想看的是“事件”，赶快去看别的。但麦卡锡的这部小说有种奇妙的机制会让你一直往后翻页；每次 U 分神制造那一个个胶囊般的小“意义”，你等不及下次故事能脱离主线，就如同去和婚外恋人约会。而且这部小说与“当代感”合拍的另一点是所有这些贯穿小说的意象，每一个片段都看似无关紧要，但全都像是有劫持你微博时间线并揭示全局的潜质。和中文版设计师讨论的时候，我自顾自聊起这些麦卡锡慷慨散播在书中的意象，把其中有资格成为封面的列举出来；后来一想，我似乎是按自己的脉络把整本书讲了一遍。但关键也就在这里：所有的意象都是离题，但离题即是主题，每个临阵脱逃都发现自己已然在了终点。

麦卡锡说这部小说有最初的想法，是他 2010 年被墨西哥湾漏油的画面迷住了，每回一见到就移不开眼睛。而《撒丁岛》里面，不但有很多关于石油泄漏的思考，而且黑色物质玷污一切、裹挟一切的噩梦画面也层出不穷。U 甚至把 Koob-sassen 想象成陵墓，想象成棺材，想象成死亡。这也是为什么吉洋老师可能是麦卡锡更称职的评论人，她一下就看穿了我那些不痛不痒的建议，直接杀向了这个统摄麦卡锡整个创作生涯的核心意象。

麦卡锡 2001 年写完自己的第一本小说《记忆残留》之后，没人肯出。四年之后，巴黎一家艺术类出版社给他印了七百五十本，只发到画廊和博物馆去卖。2008 年，扎迪 · 史密斯（Zadie Smith）在《纽约书评》里把《记忆残留》称为“过去十年最好的几本英文小说之一”，让它从一本“邪典”也算不上的冷僻书一下成为当代先锋小说学习者的必读文本。

小说开始是一个无名叙事者因为某起事故收到了大企业八百五十万英镑的赔偿，于是他也就没有权利再向我们透露这是起什么事故。似乎是因为头部受伤，他要重新学习掌控自己的身体，再简单的举手投足也变得“刻意”。又是脑中某个奇特的回路，让他似曾相识地想像出一幢公寓楼，认定其中的细节是自己重新获得“自然”、“真实”的关键。于是他把自己的那份天价赔偿砸给了一个物流和演艺团队，替他不断重现梦中那个公寓楼的场景。比如，一个弹钢琴要错得很精确的男人。一个整天在楼下煮肝的妇女。一只慵懒在屋顶的猫。

麦卡锡这部小说想说什么？放心，有文论家麦卡锡在。在我看来，解释《记忆残留》的关键是一篇他2014年发表在《伦敦书评》上的《写作机器》(*Writing Machine*)，几乎“一站式”呈现了麦卡锡对小说、哲学概念的几个重大想法，而这些想法则滋养着他的所有创作。其中最首当其冲的三个概念是“现实主义”(Realism)、“现实”(Reality)和“实在”(The Real)。如果我在接下去的三五句话中，没有一劳永逸地道破这三样东西的所有玄机，那就说明我像张无忌学太极功夫，忘得越狠离悟道越近，方向还是对的（这一段学习麦卡锡的过程中，只觉得曾经对这些事情所知的一二也全都变得经不起推敲了）。那篇《写作机器》开篇是引了一段J.G.巴拉德（J.G.Ballard）1973年给名著《撞车》(*Crash*)写的引言，最后落到一个重点句上：“虚构已经在那里了；小说家的任务是发明现实。”这个后现代的共识在今天互联网人人生产内容的时代自然更觉真切；现实不在他处，现实是我们创造的东西。但“现实主义”是另一回事。麦卡锡在讨论这个词的时候一般用它来攻击那些对现代主义创见无动于衷的“天真现实主义者”；罗兰·巴特说，所有文学从根本上都是现实主义的，所以，在这个意义上，麦卡锡自然不认同先锋与现实主义的对立，他说那些所谓怪里怪气的实验文学其实更贴近我们的日常感受：因为后者也就是这样被切割、撕扯和打乱的。

最后要多看两眼麦卡锡时常提到的这个“实在”。它原本是个心理分析学派的用语，题目中的“写作机器”就是弗洛伊德发明的一个装置，用来比喻我们的潜意识——生命短暂，我就拿主意不照着弗洛伊德再造一回这个机器了——他想说的是：我们的精神生活像水母一样，只是最初那一下刺激振荡出的涟漪，而那一下最初的刺激，是麦卡锡很喜欢提的一个词，叫“创伤”（Trauma）。同一篇文章中，麦卡锡引了另外一个例子表明“创伤”和“实在”的关系，取自法国作家、人类学家米歇尔·莱里斯（Michel Leiris）的一篇文章，叫做《把文学想象成斗牛》（*Literature Considered as a Bull-fight*）。他请读者在头脑中想象一场斗牛表演，但把牛省去，因为你把危险从中去除了，那么即便斗牛士的那些招式和身姿再潇洒，也都失去了意义。所以，公牛锋利的角尖——可以让这场表演瞬时崩塌的“事件”——就是文学。而写作和人生（在此类讨论中，这两件事往往是重合的）就蕴藏在那个“事件”的悬置之中。之前聊起《撒丁岛》和《记忆残留》涉及的很多元素都在这里：创伤、失真、悬置、重复；除此之外，最要紧的，就是那个隐忍着的暴力可能，靠它来断绝一厢情愿“现实主义”的绵软惯例。

当然，所有这些浓稠的理论最后被搅成消弭一切的黑色斡旋，的确让人有些胸口发闷，但读那两本小说时丝毫没有这样的感受，汤姆的文字有种很好亲近的干冷，甚至叙事之中始终保持着一股“欲知后事如何”的推动力，如果联想到麦卡锡是多么认真地践行着自己的哲学主张，这种“可读性”简直是不大不小的奇迹。2017年5月，“纽约书评经典”（NYRB Classics）替麦卡锡出了一个集子，收录了他从2002到2016年的非虚构作品。作为这个出版品牌和麦卡锡的粉丝，照理说这本书该是我2017阅读日历上的高光时刻才对。读完三百页聪明到发出白炽光的散文，首先我要说的是我并不介意他基本都是在各种话题下演练《写作机器》的观点［文集里面这篇文章重新命名为《说“实在”的，或者水母能在文学上教我们什么》（*Get real, or What Jellyfish Have to Tell Us About Literature*）］。《泰晤士报文学增刊》上的一篇文章这样评说：“所有论述都通过（并没有多少）不同的路径回到同一个地方，所以读完整个文集让人感觉像是做了一场那种无法逃脱的梦，每次推开一扇门就发现自己还是在原来的房间。”

比如，他评论比利时作家让-菲利普·图森（Jean-Philippe Toussaint），特别推崇《浴室》（*The Bathroom*）里无所事事的男子扔飞镖扎进了女友的额头，像刺破了橄榄一样［文章名就叫《刺破橄榄》（*Stabbing the Olive*）］，这就是麦卡锡所谓让空间时间获得意义的暴力事件。重申：小说家有两三个笃信的哲学观点撑起自己的文艺理论其实并不寒碜，关键是看他如何在小说中让生活穿过这些理念。但我无法真正信服的是麦卡锡在评论中每每无法按捺住自己想要屠戮“现实主义”的冲动。而且他的反叛姿态是全套的：麦卡锡也完全鄙夷所谓的启蒙、人本精神和独立意识。他似乎认为……不是似乎，他的确说过，如果被过去一百年来现代主义、心理分析这些伟大发现所孕育的新小说是“文学”（比如，乔伊斯、格里耶、克劳德·西德），那么当代的主流英国写作显然不能再用“文学”这个标签了：两派想做的事情不相干。他还在某个访谈里说过：“自由主义者，自由人文主义者，我要对付的正是这些人，不管他们的立场具体是什么……他们那种首先有一个‘自我’的幻觉，以为这种意识可以到处产生情感、获得体验、不断发展，这是我所憎恶的。”谈起终极意义上的“实在”——纳粹的大屠杀，麦卡锡断言贝克特笔下的那件“不可言说之事”比普里莫·莱维这样的写实派所能传递的要恐怖、深刻得多；这就让像我这样思想落后的读者十分尴尬，不知道他说这句话的时候几分是玩笑？

麦卡锡自然很喜欢把读者逼进这样的位置。但对我而言，随之而来的真正“恐怖”是我再也吃不准《撒丁岛》和《记忆残留》里“一本正经的胡说八道”到底占了多少比重？万一他全是“一本正经”呢？那我翻译时笑呵呵的表情岂不是就成了最根本的态度问题？比如他说，自己在读书会的时候选“le pli”那段，观众都会大笑，但他的用意并非讽刺啊，现实确实是这样。有什么比觉得一个笑话好笑极了，但对方执意要说服你他并没有开玩笑更扫兴的呢？

既然这篇文章已经简洁不成，我就索性再把扎迪·史密斯喊回来一起多聊两句。她那篇捧麦的文章题目叫《小说的两条路》（*Two Path for the Novel*），一条路她命名为“抒情写实主义”（Lyrical Realism），意思就是小说能写明白一个人想的是什么，世界是什么样的，自然她和麦卡锡都很看不上这种盲目乐观；另一条路，她说《记忆残留》是“建设型解构”（Constructive Deconstruction），不破不立，“让我们至少能看见一点小说前行——纵然艰难——的方向”。

扎迪和汤姆，他们似乎认为文学是个不断进化、天天向上的东西；它会“前行”。但我不太确信他们是对的。先锋派奚落现实主义喜欢戏仿：“‘某年某月某日——逗号——我从某某街走过——逗号——心情如何如何……’，我们的生活哪里是这样的？”似乎念出标点符号就足以揭穿现实主义的荒唐了。

但麦卡锡这样的聪明人又何尝不知小说这个形式从一开始（堂吉诃德、项狄）就知道文本和外部世界并非直接的对应关系；只是把这个传统再圆进来，就说不清了。但就像所有小说家都认为自己是现实主义一样，好的写作者一定也都明白语言和意识的不可靠，比如，十九世纪五十年代，比法国关于现实主义的大讨论传入英国还早了三四十年，被称为“现实主义掌门人”的萨克雷在《亨利 · 艾斯蒙》（*The History of Henry Esmond*）里就写道：“只要转换一下视角，再伟大的行动也无足轻重；调转望远镜，巨人变成俾格米人。”萨克雷的小说里常有对于叙述者“全知视角”的戏弄，也有此处显见的一种无力的宿命感，都和当时的达尔文主义架空了上帝有关；现实主义就是为了反映现实、应时而变的小说技法，都是社会能量和科学进步在人生和性情上的反射，萨克雷要反映进化论，就跟麦卡锡不得不描绘谷歌一样，是对文艺工作者的基本要求。

更为重要的是，除了这些现实主义小说家，他们的读者其实也一直都知道这些是假的，只是大家说好了制造幻觉，你念咒语，我负责催眠自己。后现代的说法，语言是“延异”（Différance），永远指不到作者想指的东西，当然很有道理。但文学和语言一样是种架构和约定，不是所有的科学、理论成果都可以容纳进去的；

读德里达累死人，是因为他照着自己的理论，后半句话总在解构前半句。我只是觉得这种写法未必适合讲故事，如果推到极限，更是一切死寂。爱因斯坦说卡夫卡太复杂了，人心不是这样的。人类智慧能解码的文学终究有个限度，这个限度就是文本和作者的互相照顾。所以麦卡锡才说他不是“现代主义者”，他要在现代主义的废墟里找到新的航线。

这时，我们不得不面对房间里的那头大象：《小说的两条路》之后，俨然畅销书作家的麦卡锡交出的第一部作品是《C》。乍看之下，这本书的风格和《记忆残留》（以及之后的《撒丁岛》）相去甚远，似乎是在故意拆扎迪的台，用处处才气铺张的华美叙述表明为什么扎迪的两分法不对，而麦卡锡其实想做的，是在这些表象之下设置无数互相连接的符号，交织成一张只为显示作者织网技艺的网：为了写译后记，与《C》搏斗数周，最终诚实的结论只能是：麦卡锡想做的事情太繁复而玄奥了，更多只是为了抒发自己架构的欲望，根本不在意读者是否会有伴随文本的会心之感。

小说写了一个叫做赛奇·凯里法克斯（Serge Carafax）的人从 1898 年到 1922 年的经历，开始是他父亲沉迷无线电技术，还办学校教聋人说话；然后腹中堵塞，去中欧疗养；一战中，他成了侦察地形的飞行员；最后赛奇在埃及参与建立了一个类似于 BBC 的帝国广播公司。

从中还是可以读出麦卡锡哲学的各种主题，比如把主角的名字分开，cara 是土耳其语的“黑色”，fax 指的是 fascimile，复制；

C 打头的文字游戏变换无穷，可以是 carbon，碳，自然界最基本的黑色元素，可能最显眼的是 crypt，既是墓穴，也是密码，麦卡锡又在小说之外解释说这个词也跟心理分析有关，它是忧郁症患者受到创伤之后建立的掩体……

暂且搁置这些黑暗的内涵，我又要干一件麦卡锡会讨厌的事，就是处心积虑地把整个讨论结束在一个昂扬而温柔的调子上。在我看来，《C》最重要的主题还是二十世纪初期电波布满天空的过程，我最看重的那个单词是 communication，人类借助新科技的交流冲动。

赛奇去疗养的时候见到那里的医生，两人有如下的对话：

"英国医生写的病历上说你有长期的肠胃病，"菲利普医生继续说道，"请你描述一下。"

"就像肚子里有个很大的球，"他说，"一个灰尘做的大球。"

"你为什么会说是'灰尘'？"菲利普医生问。

"要说的话，因为它是黑的。感觉上就是这样。"

这段治疗便秘的诊室对话是文学的缩影。大家都有人生的难处，要靠互相交流才能纾解，自然，文字是不够用的，但我们也只能凭着感觉强行表述，希望对方能猜到。现实主义指的正是这种两厢情愿。正因为猜的一方要把自己填充进去，它就不再是纯粹的符号交换了，在某个层面上，它必然要引入切实的生命体验。就像乐高玩具，不管它的部件多么方方正正、有棱有角，坚实得完全脱离生活，但这是孩童所能愉快处理的极限（类似于"某年某月某日——逗号——我从某某街走过”等等，也是我们人类进化至此能方便领会的大致程度），但乐高到最后那个像素极低的作品在想象中引发的一跃却是人性的胜利，而用水雾做成的积木是什么也搭不成的。

有一个美国哲学家叫唐纳德·戴维森，他对现实主义也持这种乐观的态度，意思是，你们这些列维-斯特劳斯们和汤姆·麦卡锡们，现代派后现代派，不要总觉得别人不懂、“他者”不可理喻，要是真没有丝毫的共性，连彼此反对都反不起来，还谈什么无法理解。现实主义不是认定世界有个共同的真相，而是交流双方定了一些规矩，彼此愿意去调试自己的世界观，让理解对方成为可能。所谓的文学和“实在”也就在这种联接之中。

回到开头的问题，小说家把自己的作品阐释到头了，读者还能说什么？

看来能说的还不少，其中或许可以包括：你说得不对。但我既不是指麦卡锡的理念不对，也不是指他小说写得不好，而是：如果他的小说真是照着他的理念写的，恐怕就没有这么有趣了。

还好麦卡锡是小说家，这门手艺很神秘，有时候它会绑架有才华的人，让他用一种自己也未必掌控的方式制造伟大艺术。

图书在版编目（CIP）数据

撒丁岛 /（英）麦卡锡（Tom McCarthy）著；陈以侃译.
—上海：上海译文出版社，2018.1
书名原文：Satin Island
ISBN 978-7-5327-7431-9

Ⅰ.①撒… Ⅱ.①麦… ②陈… Ⅲ.①中篇小说—英
国—现代 Ⅳ.①I561.45

中国版本图书馆CIP数据核字(2017)第069862号

图字：09-2017-1149 号

撒丁岛
［英］汤姆·麦卡锡/著　陈以侃/译
责任编辑/杨懿晶　　装帧设计/吉洋

上海译文出版社有限公司出版、发行
网址：www.yiwen.com.cn
200001　上海福建中路 193 号　www.ewen.co
浙江新华数码印务有限公司印刷

开本 850×1168　1/32　印张 6　插页 2　字数 108,000
2018 年 1 月第 1 版　2018 年 1 月第 1 次印刷
印数：0,001—4,000 册

ISBN 978-7-5327-7431-9/I·4528
定价：40.00 元